KB261905

우연한 현실

이바응

우연한 현실

이현 지음

사계절

■ 작가의 말

특별한 감사를 전할 이들이 있다.

에픽 하이, 리쌍, MC 스나이퍼, 드렁큰 타이거 그리고 빅뱅.

그들과는 물론 일면식도 없지만 나는 이미 그들과 내밀한 이야기를 공유해 버린 기분이다. 이 여섯 편의 이야기 곳곳에는 그들의 목소리가 깃들어 있을 것이다.

「빨간 신호등」과 「로스웰주의보」를 쓰던 여름, 에픽 하이와 리쌍을 질리게도 들었다. 후텁지근한 여름밤을 담은 창가에 도사리고 앉아 뒤틀린 욕망에 대한 이야기를 써내려갔다. 「어떤 실연」과 「영두의 우연한 현실」과 「그가 남긴 것」을 쓰던 봄, MC 스나이퍼와 드렁큰 타이거를 하염없이 들었다. 촛불로 달아오른 광장을 향한 창을 반쯤 열어 놓은 채, 세상의 가장자리를 맴도는 이들의 잿빛 뒷모습을 문장으로 그려 나갔다. 「오답 승리의 희망」을 쓰던 그 가을에도 여전히 드렁큰 타이거에 빠져 있었다. 까짓 한판 붙어 보자고 혼자서 물살을 거스르는, 낮지만 근성 있는 목소리를 받아 적었다.

그리고 빅뱅. 여섯 편의 이야기가 아귀가 맞지 않는 퍼즐처럼 제멋대로 흩어져 있던 그 겨울, 빅뱅이 나를 사로잡았다. 빅뱅의 노래를 타고 작업실에서 집으로 돌아가는 밤길, 무거운 문장을 넘어서는 그들의 경쾌함에 눈앞이 아니, 세상이 환해졌다.

에픽 하이의 그 차가운 섹시함, 리쌍의 세련된 신파, 스나이퍼의 삐딱한 오만, 드렁큰 타이거의 고집 센 넋두리, 그리고 빅뱅의 어여쁜 반항……. 더불어 MC 몽과 라임버스와 양동근과 다이나믹 듀오.

일일이 거명하지 않으면 어쩐지 배은망덕한 일일 것만 같은 그 목소리, 그 리듬, 그 속삭임.

힙합에 빚진 데가 많은 책이다.

힙합이 존재하는 세상에서 십대를 보내지 못했음을 한탄하며, 또한 힙합이 존재하는 세상에서 십대를 위한 글을 쓰게 되었음에 감사하며, Say, Yo! Say, Ye!

드렁큰 타이거와 스나이퍼의 새 앨범 소식을 기웃거리는,
2009년 2월, 이현

차례

어떤 실연

어떤 실연

무릇, 세상에는 두 가지의 인간이 있다. 이론가와 실천가. 이영훈은 수많은 명곡을 작곡했고 이문세는 목이 터져라 그 노래들을 불렀다. 마르크스는 골치 아픈 소리들을 늘어놓았으며, 체 게바라는 시가를 입에 물고 총을 든 채 황량한 땅을 달렸다.

그러니까 굳이 말하자면 나는 이문세나 체 게바라보다는 마르크스나 이영훈 같은 인간이다. 험준한 산 속에서 총알을 맞고 죽을 일도 없고, 무대에서 비지땀을 흘리고도 악성 댓글에 시달릴 일도 없다. 물론 내 얼굴을 프린트한 티셔츠가 만들어지지도 않을 테고 팬클럽이 생일 파티를 열어 줄 일도 없을 것이다. 본디 이론가의 삶은 우아하고, 또 다소 외로운 법이다.

"하송미, 혼자 또 뭐 하나?"

유라가 내 등을 쿡 찌르며 물었다. 남의 교실에 불쑥불쑥, 눈치 따위는 조금도 보지 않는다.

나는 빛바랜 초록 커튼 자락을 손가락으로 감으며 시선을 더 멀리 던졌다.

"뭐, 사색이라고나 할까."

"혼자 우아 떠신다. 언니는 가슴이 쓰라리는데."

유라가 말했다.

가슴이 쓰라리다…… 그렇다면 더 들어 보지 않아도 알 만하다. 그렇지만 나는 짐짓, 궁금하다는 듯 물었다.

"왜, 무슨 일이신데 그래?"

"나…….'"

유라가 립글로스로 번들거리는 입술을 비죽거리며 발끝으로 창문 아래 벽을 툭툭 쳤다. 그러고도 내가 두어 번 채근할 때까지 한참을 빼고서야 겨우 입을 열었다.

"상진 오빠랑 헤어졌다. 도저히 안 되겠어."

나는 기다렸다는 듯 유라의 앙상한 어깨를 톡톡 두드려 주었다.

"잘했어. 차라리 잘된 거야."

유라가 조그마한 눈을 뒤덮은 긴 속눈썹을 팔락거리며 나를 올려다보았다. 좀 과장해서 말하자면, 용한 무당의 궁합풀이를 기다리는 예비 신부의 간절한 눈빛이다. 중2 때부터 붙어 다니면서 벌써 여러 번 되풀이된 광경이다. 유라는 연애를 시작하고 나는 그 결말을 예측하고, 유라는 이별을 맞이하고 나는 그 결말을 해석하고.

"전상진, 그 왕재수한테 황유라는 좀 과분하지. 안 그러냐?"

"애쓰신다, 응?"

유라가 작은 눈을 세모로 치뜨며 빈정거렸다.

그렇지, 우리도 벌써 고2다. 이팔청춘에서 2년이나 넘어선 이 나이에 그런 사탕발림은 좀 무리였나 보다. 그렇다면 최근 심취해 있는 새로운 이론. 나는 유라를 내 쪽으로 바싹 끌어당기고 말했다.

"물병자리는 지적 호기심이 대단하지. 머리 쓰는 일은 타고났다는 거야. 그만큼 사회적 야심도 만만치 않아. 대신 가슴이 차가운 인간들이야. 물고기자리의 다정다감한 성격을 고마워할 줄 모른다는 거지. 심지어 귀찮게 여길 수도 있어. 너처럼 마음이 여린 물고기자리는 상처 받기 딱 좋아. 한마디로 말해서 궁합이 영 아니라는 거지. 그러니 잘잘못을 따질 것도 없고, 아쉬워할 것도 없어. 딱 여기까지, 여기서 끝내는 게 서로를 위해 좋은 거야."

물론 진실은 따로 있다. 서울대 수시를 노리는 전상진이 고3이 되어서도 유라랑 노닥거릴 리가 없다. 재색 겸비의 기적을 실천하는 전상진이, 그저 그런 외모에다 4년제 대학에 턱걸이할 게 뻔한 황유라와 진지하게 갈 리가 없다. 애초에 결말이 정해진 연애였다.

그러나 진실은 꿍쳐 둔 세뱃돈처럼 어두운 곳을 좋아하는 법. 나는 속엣말을 꾹꾹 눌러 삼키고 유라에게 다시 말했다.

"솔직히 네가 전상진한테 진짜로 빠져 있었던 것도 아니잖아."

"뭐, 그야 그렇지."

유라가 대번에 고개를 끄덕이며 한마디를 더 갖다 붙인다.

"하긴, 세상은 넓고 남자는 많아. 세진고는 좁아도 남자는 꽤 되지."

그러더니 유라는 이번에도, 지하철역 물품보관함에 책가방을 집어넣은 것처럼 홀가분한 얼굴로 돌변해서 말했다.

"야, 매점에나 가자. 가슴이 허하면 위장부터 달래는 게 최고야."

아차 하는 순간, 나는 이미 유라 손에 질질 끌려 교실문을 나서고 있었다. 전교가 떠들썩했던 스캔들의 주인공과 점심시간의 매점 순례라, 벌써부터 심장이 벌렁거린다. 물론 따지고 보면 내가 신경 쓸 일이 아니다. 연애는 유라가 했는데 내가 쪽 팔릴 이유가 대체 어디에 있느냔 말이다. 그런데도 마치 내가 된통 차이기라도 한 양 얼굴을 들 수가 없다. 매점을 가득 메운 소음들이 온통 유라에 대한 뒷담화인 것만 같다.

하지만 스캔들의 주인공께서는 그저 태연자약할 뿐.

"실연에는 쓴 소주 정도는 마셔 줘야겠지만 우리 신세가 어디 그러냐. 그냥 계란샌드위치랑 커피우유 하나만 사 줘라."

유라가 손가락을 구부려 유리 진열대를 톡톡 치며 말했다.

그 뻔뻔한 자태에 어이를 상실한 나머지 뇌세포가 마비되어 버린 걸까? 나는 결국 황유라를 위해 빈약한 지갑을 활짝 열고 말았다. 이럴 때마다 뭔가 당했다는 기분을 떨칠 수가 없지만 어디다 하소연할 데도 없다. 나 자신도 정말 이해할 수 없는 일이지만, 진정코 인정하고 싶지 않은 일이지만, 나는 황유라에게 약하다.

"아유, 역시 우정이 최고로구나. 그깟 남자가 다 무슨 소용이라니? 하송미, 고맙다. 내 너의 충심을 잊지 않으마."

유라가 그렇게 헤실헤실 미소를 머금고 샌드위치 비닐 포장을 벗기고 있는 염장의 결정적 순간, 누군가 그 샌드위치 반쪽을 와락 가로챘다.

"뭐얏!"

"그만 먹어라, 응? 그러다 착한 몸매 다 버리겠어. 너 요즘 엉덩이 평수가 인상적이더라. 상암 경기장이야."

진주가 너스레를 떨며 샌드위치를 우물거렸다. 유라는 약이 올라 눈초리를 세웠지만 진주 앞에서는 별무소용이다. 진주는 커피우유를 집어서 빵 부스러기까지 묻혀 가며 쪽 하고 빨아 마시고도 태연한 표정이다. 거기다 덤으로 망연자실한 유라 앞에 놓인 샌드위치 반쪽을 흘금거리며 한마디를 보탰다.

"왜, 먹기 싫어? 것도 내가 먹으랴?"

냉큼, 유라의 하얀 손이 샌드위치를 집어 간다 싶더니 어느새 그 눈길이 매점 입구로 달렸다. 그러더니 유라가 대뜸 손까지 번쩍 치켜들며 소리질렀다.

"윤승아! 차윤승! 차윤승!"

나는 진주 앞의 커피우유를 슬며시 당겼다. 커피우유가 이미 바닥을 드러냈다는 걸 알면서도 산소호흡기라도 되는 것처럼 빨대를 입에 물었다.

바로 그 순간, 윤승이가 엉거주춤 다가와 진주와 유라 사이, 그러니까 내 바로 맞은편에 앉았다.

"나 오늘부터 수학, 니네 학원으로 옮겼다."

유라가 생글거리며 말했다. 예쁜 구석이라고는 찾아볼 수가 없는데도, 저러고 웃으면 내가 봐도 예쁘다. 그리고 내 입에서는, 내가 들어도 승악한 목소리가 튀어나왔다.

"나 먼저 갈 테니까 니들은 잘 쳐드시고 오셔."

"왜 그래? 점심시간 아직 남았는데."

유라가 긴 속눈썹으로 부채질을 해대며 물었다.

"우리 반은 5교시 영어거든. 지금이라도 단어 안 외우면 스트라이프 종아리 되게 생겼거든. 팔자 좋은 댁하고 노닥거릴 시간 없거든."

내 말투는 단검처럼 짧고 예리했지만, 유라는 전혀 신경 쓰지 않았다. 보란 듯이 윤승이에게 눈길을 돌리며 얼굴 가득 한없는 걱정을 담고 살갑게 물었다.

"넌 괜찮아?"

"어, 난 대충 외웠어."

윤승이가 내 쪽을 흘금 쳐다보았다. 스트라이프 종아리 운운하는 내 엄살 앞에서 저는 다 외웠다는 소리를 하기가 민망한 모양이다. 아니 아니, 그게 아니라 어서 사라져 달라는 눈치인가?

"난 더 버텨 볼란다. 이 나이 먹도록 느는 건 맷집밖에 없어서."

진주는 중년의 여유로움이라도 과시하듯 의자 등받이로 몸을 젖히며 말했다. 말해서 뭣하랴, 행성의 운행을 좇는 분께서 단어 시험 따위에 연연할 리가 없지.

어쩐지 나만 또 당한 것 같지만 대체 누구한테 당한 것인지도 모르는 심정. 나는 교복 재킷 주머니에 두 손을 푹 찔러 넣고 발딱 일어섰다.

어쩌면 나는 이미 그 때, 모든 일을 예견했는지도 모르겠다. 윤승이와 유라 그리고 진주와 내가 원어민 영어 과외로 일주일에 두 번씩 마주 보던 그 때, 우리가 아직 순진무구하던 열다섯이던 바로 그 때.

"윤승이는 그 때랑 달라진 게 하나도 없더라."

유라도 그렇게 말문을 열었다. 우리 교실 뒷문에 버젓이 붙어 있는 문구 '다른 반 학생 출입 금지'라는 말이 농담으로 들리는 건가? 남의 교실에 들어와 내 짝의 자리를 차지하고 앉아서도 어찌나 천연덕스러운지.

나는 또 공연히 반 아이들 눈치를 살펴 가며 바쁘다는 듯 책장을 휘릭휘릭 넘겼다. 내 말끝도 빳빳한 새 문제집 종이 모서리만큼이나 날카로웠다.

"당연하지. 유전자, 그거 무서운 거거든. 세팅된 운명이라는 거, 굉장한 거거든."

그래도 유라는 그저 제 기분에 취해 내 눈치는 아랑곳없이 해롱거렸다.

"뭐랄까, 윤승이는 아무튼 다른 남자애들하고는 좀 달라. 한마디로 말해서……."

부드럽지.

라고 속으로 대답하고 나도 모르게 고개를 툭.

그 순간 유라가 내 책상에 팔꿈치를 턱하니 갖다 올리며 말했다.

"부드러워."

혼자만 좋아하던 숨은 명곡이 어느 날 벅스 차트 1위로 등극해 버린 느낌이랄까. 나는 유라의 팔꿈치를 탁 쳐 내며 쏘아붙였다.

"건 부드러운 게 아니라 좀스럽고 소심한 거거든. 초극세사 A형 남자, 나노 수준의 쪼잔함, 몰라?"

"윤승이가 A형이야? 어제 물어보니까 AB형이라던데."

"걘 정신적 A형이거든."

"억지하고는……. 아무튼 쪼잔한 거랑 부드러운 건 달라. 내가 이 주 동안 수학 학원 같이 다니면서 봤는데, 걔 입에서 욕 한마디 나오는 걸 못 봤다. 상소리라고는 입에 담질 않아. 뭐랄까…… 윤승이는, 자기가 남자라는 걸 내세우지 않아. 아, 참…… 뭐라고 표현을 못하겠네! 암튼 이런 남자애는 첨이야. 그렇게 부드러운가 하면 또 나름대로 힙합 전사잖아. 걔, 엠피 스리에는 맨 힙합이야. 아니면 인디밴드거나. 너, 제레미랑 영 어 과외 끝나는 날 노래방에서, 윤승이가 힙합 제대로 부르던 거 기억나지?"

유라는 제 자랑이라도 하는 것처럼 으스댔다. 언제는 전상 진이 공부도 잘하면서 터프해서 좋다더니, 유라에게 이제 전 상진은 전생의 기억인 모양이다. 하긴, 황유라에게 일주일 이 상의 기억력을 기대하는 건 무리겠지.

"참, 송미 너도 알지? 윤승이 미대 간다잖아. 얼마나 멋지 니? 미대생이라……. 나를 모델로 초상화 같은 것도 그려 주 겠지? 야, 근데 혹시 나중에 나더러 누드모델 해 달라면 어쩌 지? 내가 그냥 봐서는 몸매가 좀 돼 보이지만 벗으면 H 라인 이잖냐. 빈약한 가슴에 납작한 엉덩이. 어휴, 유명한 누드화 보 면 모델들이 맨 글래머던데."

금세 풀이 죽었다가, 또 이내 흥이 났다가, 유라는 그렇게 조울증을 온몸으로 실천하더니 자율학습 시작종이 울리고서야 겨우 사라졌다. 그 마지막 결론은 딱 한마디.

나, 윤승이랑 사귈 거야.

라고는 하지만, 알 수 없는 노릇이다. 누군가에게 빠져서 들뜰 때마다 연애로 이어졌다면 유라는 지금쯤 수십 번의 연애 경험을 가지고 있을 것이다. 하지만 전상진이 겨우 여섯 번째, 황유라의 흥분은 뜨겁지만 짧다.

그래도 혹시나, 만약에, 유라와 윤승이가 사귄다면……. 아니 아니, 지금 이런 가정을 하는 것은 이론이 아니라 공상이다. 그렇지, 유라가 윤승이에게 사귀자고 덤빈다면 백발백중 윤승이는 앗 뜨거워라 하고 물러날 것이다. 그렇지만 그 정도에 기죽을 유라가 아니다. 덤비고 덤비고 또 덤비면…… 윤승이는 아마도 체념의 정신으로 받아들이겠지. 그런데 둘이 사귄대봤자 두 달? 석 달? 지루하고 답답한 건 죽어도 못 참는 유라가 먼저 나가떨어질 게 뻔하다. 유라가 두어 번 투정을 부리는 것만으로 윤승이가 지레 기가 질려 끝나 버릴 수도 있고. 이렇게 뻔한 결론을 왜 모르는 걸까? 아니, 알고도 시작하려는 걸까? 나로서는 정말이지 이해하기 힘든 일이다.

만약 나라면…… 만약…….

나는 윤승이 자리를 힐긋 바라보았다. 역시 비어 있다. 오늘은 수요일. 수업이 일찍 끝나는 날이라 윤승이는 자율학습을 빠지고 미술 학원으로 직행한다. 오후 다섯 시부터 새벽 한 시까지, 여덟 시간을 내리 그림만 그린단다. 저녁도 김밥이나 사발면, 혹은 샌드위치로 때우고, 입시학원이 즐비한 거리 귀퉁이의 가장 허름한 건물, 엘리베이터도 없는 5층 맨 구석, 형광등이 차갑게 침묵하는 그 방에서.

누구에게도, 유라나 진주에게도 고백한 적이 없지만 나도 그 미술 학원에 가 본 적이 있다. 1년 전, 그러니까 고등학교에 올라와 한 학기를 보내고 나 자신의 앞날이 패스트푸드점의 세트 메뉴처럼 이미 정해진 것이라는 느낌이 들던 그 무렵.

대체 무얼 기대하고서 그 곳까지 갔는지 모를 일이다. 발가락으로 그려도 명작이 나올 만한 재능이 있는 것도 아니고 세상 누구와도 다른 특별한 감각이 있는 것도 아니다. 그렇다고 그림을 그리지 않으면 미칠 것 같은 열정을 지닌 것도 아니다. 뒤늦게 시작해서 미대에 간다는 건 언감생심, 턱없는 소리라는 걸 나도 알았다. 혹시 내가 번개라도 맞고 살짝 돌아서 미술을 하겠다고 설쳤대도 결과는 뻔했을 것이다. 우리 엄마가 그런 짓을 그냥 두고 볼 리가 없다. 엄마가 결혼 상대로 아빠를 선택한 이유는, 분수에 맞지 않는 일은 저지르지 않을 것 같아서라고 했다. 그 예측대로 아빠는 평생 착실하게 동사무소에 출근 도장을 찍고 있다. 우리 식구들에게는 모험이나 도전 따위의 유전자가 없다. 더구나 쌍둥이 남동생들의 엄청난 식비를 생각하면 꿈이란 사치의 다른 말일 뿐이라는 것을, 나는 누구보다 잘 안다.

그런데도 태풍이 세상을 푹푹 삶으며 다가오고 있던 바로 그 날, 나는 땀을 빌빌 흘리며 지린내 나는 5층 계단을 걸어 올라 미술 학원으로 들어갔다. 원장이 자리를 비웠다며 아르바이트 강사가 상담실로 나를 안내했다. 스포츠형에 가깝게 짧게 친 커트 머리에 초록빛이 감도는 염색을 하고 오른쪽 귓불에는 피어싱 다섯 개. 나라면 죽었다 깨어나도 못할 차림을 한 여자 강사는 보기와는 달리 무척 다정했다. 나는 마치 미대 입시 준비생이라도 되는 듯이 삼십 분 동안 상담을 하고, 테스트 삼아 아그리파 석고 데생도 잠시 하고, 그리고 벌렁거리는 가슴을 감추며 엉터리 전화번호를 적어 놓고 나왔다.

그로부터 일주일 후 윤승이가 미대 지원을 선언하고 하필이면 그 미술 학원에 등록했다. 그 사실을 알고부터, 나는 윤승이를 똑바로 쳐다볼 수가 없다. 그 애의 눈길과 마주칠 때마다 내가 자꾸 작아지는 느낌, 그 애의 뒷모습을 볼 때마다 뭔가가 가슴에서 치미는 느낌. 그러다 막상 그 애가 보이지 않을 때면 알 수 없는 헛헛함까지. 매주 수요일 자율학습 시간이면 윤승이의 빈자리가 내 눈길을 놓아주지 않는다.

나는 조용히 의자를 뒤로 밀고 일어섰다. 찬물에 세수라도 하고 속 차려야 할, 바로 그런 순간이니까.

그런데 진주가 내 뒤로 따라붙더니 화장실에 들어오자마자 은근한 목소리로 물었다.

"야, 너 8월 1일이 무슨 날인지 아냐?"

8월 1일. 순간적으로 머릿속 데이터를 뒤져 보니 나오는 결과는 딱 하나. 매월 1일은 국어 학원 등록하는 날이다. 하지만 진주가 그런 걸 물을 리는 없으니 그저 고개만 저을밖에.

진주는 깜짝 선물이라도 숨겨 둔 것처럼 덩치에 맞지 않게 깜찍한 표정을 지어 보이며 한마디를 툭 던졌다.

"개기일식."

이라면, 과학 시험 답안으로나 존재할 뿐 대체 그게 지구인들과 무슨 상관인지 나로서는 오리무중이다.

그러나 진주는 넘치는 진지함을 가득 담아 순정만화 주인공처럼 눈을 빛내며 말했다.

"그 날 중국에서 개기일식이 있어. 야, 그런데 이 땅에서는 절대 볼 수 없다는 거 아니냐. 여기서는 2035년! 그러니까…… 아무튼 내가 사십대가 되어야 된다는 얘기잖아. 그 나이에 일식은 보면 뭐 하겠냐? 난 못 기다려. 나 중국 갈 거야. 난 갈 거야, 가고 말 거야. 근데 어떻게 가지? 몰라, 몰라, 밀항을 해서라도 갈 거야. 인천항에 가면 중국으로 가는 밀항선이 있지 않을까? 어느 날 내가 사라져도 놀라지 마라, 친구야. 나는 태양이 사라지는 날을 찾아 바다를 항해하고 있나니."

미쳤구나,

라고밖에는. 나는 그저 혀만 끌끌 차며 수돗물을 틀었다.

연애에 미친 분이나 하늘에 미친 분이나, 내가 보기엔 한가한 팔자라고밖에 달리 해석할 길이 없다. 태양이 사라지든 둘이 되든, 윤승이가 유라와 연애를 하든 원수가 되든, 지금 내게 주어진 운명은 오직 하나. 오늘 저녁 수학 학원에서는 특강이 있을 예정이고, 그 전에 미리 공부해 두지 않으면 안 된다. 수도권에 있는 교대에 가려면 수학에서 산을 하나 더 넘지 않으면 안 된다. 로그함수와 싸우는 일만으로도 숨이 가쁘다.

태어난 지 한 달 만에 베로니카라는 세례명을 받고 여태껏, 나는 주일미사를 거른 적이 거의 없다. 있는 듯 없는 듯 주일학교에도 착실히 나가는 것은 물론, 때가 되면 고해성사를 하고 사순절에 한 끼 금식 정도는 실천한다. 그러면서도 나는 하느님한테 과한 것을 바란 적이 없다. 그간의 정을 봐서라도 좀 특별한 청을 넣어도 될 법하지만, 내가 바라는 것은 오직 하나.
날 가만히 내버려 두세요.
라는 것. 시험에 들게 하는 것도 무섭고, 엄청난 은총을 받는 것도 부담스럽다. 그런데 그 쉬운 부탁도 어려우신 걸까?
한 달 동안 유라가 내 신경을 있는 대로 긁어 놓더니, 이제 윤승이가 직접 나서기로 했나 보다. 자율학습을 끝내고 운동장을 가로지르는데 헉헉대며 쫓아와 난데없는 미술부 타령이다.
"그래서, 나더러 미술부에 들어오라고?"
내 말투가 날카로웠는지 윤승이가 움찔했다. 역시 최선의 방어는 공격인 법. 나는 내친김에 더 쏘아붙였다.
"미술부가 분식점이냐, 아무나 다 들어가게. 그리고 우리 학교에 미술부라는 게 있기는 있는 거냐? 미술부니 문예부니,

그런 거 다 서류상의 유령 아니야?"

"아냐."

윤승이가 두 손바닥을 다 펼쳐 들고 휘휘 가로저으며 말을 이었다.

"이번에 새로 온 미술 선생님은 좀 다르더라. 엊그제 교내방송으로 미술 전공 지망자들 미술실로 모이라고 한 거 기억하지? 미술 학원만큼은 아니어도 제대로 해 보겠다고 의욕이 대단하셔. 전공 지망자 아니라도 괜찮대. 뭐, 수업 시간에야 미술은 하나마나니까…… 하고 싶은 애들 모아서 제대로 하려나 봐."

"그런데 왜 하필이면 나야?"

윤승이가 긴 목을 구부정하게 숙이고 뒷머리를 긁적이며 대답했다.

"너, 그림 잘 그리잖아. 좋아하고."

어째서인지, 그림을 잘 그린다는 말이 못한다는 말보다 더 민망하다. 좋아한다는 말 또한 낯부끄럽기는 매한가지다. 잘한대야 그저 조금, 좋아한대야 그저 약간.

나는 조금 더 날을 세워 쏘아붙였다.

"너 미술부장에 뽑히기라도 했냐? 왜 니가 미술부원을 모은다고 설쳐?"

윤승이가 질겁하고 또 손을 휘휘 내저었다.

"아냐, 부장은 무슨……. 그냥 미술 선생님이 시키신 거야.

2학년은 내가 좀 알아보래."

그러니까, 우리의 정신적 A형께서는 임무 수행을 위해 불철주야 노력 중이신 것이다. 그래서, 그게 뭐가 어떻다고, 대체 그럼 뭘 바라고 있었다고, 갑자기 뱃속이 뒤틀렸다.

"됐거든? 번지수를 잘못 찾아도 한참 잘못 찾으셨거든? 그러니까 딴 데 가서 알아보셔."

나는 인사도 없이 팩 돌아서 걸었다.

윤승이도 쫓아와 더 권하지 않았다. 조금 거리를 두고 발걸음을 떼어서 제 갈 길로 갈 뿐.

정신적 A형 남자와 심신일체 A형 여자의 운명은 이런 법이다. 만약, 그래, 내친김에 만약 윤승이와 나라는 가정을 해 본다면 결론은 뻔하다. 어물어물 어쩌다 둘이 엮인다고 해도 편하게 말을 트는 데 1년은 걸릴 테고, 손이라도 잡으려면 3년은 기다려야 할 테고, 그 이상 결정적인 사건을 치르려면 십만 년이 흘러 화석이 되어 버릴지도 모른다. 그 전에 어찌어찌 결정적인 순간이 온다 해도 그 때는 이미 미적지근한 커피 같은 마음이 되어 있겠지. 둘이 사귀느니 어쩌느니 소문만 무성하고 알맹이는 창피스러운 연애, 아니 해프닝.

결말이 뻔한 일은 시작하지 않는 게 상책이다. 미술부라니, 미대에 갈 것도 아니면서 전공자들 들러리 되기 십상이다. 미술 전공 지망자들 틈바구니에 끼어 들썩이는 꼴이 얼마나 우스꽝스러울까. 혹시 윤승이는, 그런 일에는 내가 제격이라고 생각한 걸까? 미술부라니, 미술 학원처럼 열성적으로 나서겠다는 신참 미술 교사라니.

휴우! 교문을 나서자 절로 한숨이 터졌다. 그런데 이번에는 진주가 불쑥 나타나 내 앞을 가로막았다.

"송미야."

"왜?"

나도 모르게 퉁명스러운 대답이 나왔다. 그런데 어쩐 일인지 진주의 표정이 사뭇 심각하다. 어라, 싶어서 한결 부드러운 말투로 다시 물었다.

"무슨 일 있어?"

"나…… 학교 그만둔다."

진주가 말했다.

"뭐?"

진주는 대답 대신 목을 꺾어 하늘을 우러러보았다. 별자리에 미쳐 사는 진주에게는 서울 하늘에서도 뭔가가 보이는 모양이다. 아니면 머나먼 고향 행성으로부터 에너지를 받으려는 건지도. 진주는 잠시 그러고 있다가 다시 목을 바로 세우고는 여느 때의 귀찮은 표정을 되찾고 말했다.

"재미없어. 다녀 봤자 얻는 것도 없고."

"갑자기 무슨 소리야?"

"알면서 뭘 놀라냐? 8등급이 학교를 다녀서 뭐 하나? 학교도 나도 서로 피곤하지. 중간고사 치기 전에 관둘 거야. 그럼

2주 남은 건가? 어차피 밀항도 해야 하고 말이야."

"뭘 해?"

"개기일식, 잊었냐?"

진주는 능글능글하게 웃어 보였다.

학원을 옮겨도 저렇게 태평일 순 없을 것이다. 그런데 학교를 관둔다면서 어쩌면 저럴 수가 있을까.

그런데 충격과 경악에 멍하던 내 머리에 번득 스치는 게 있다. 진주 언니는 수학 영재라나 뭐라나, 고1 때부터 캐나다에서 유학 중이다. 진주도 캐나다로 갈 모양이다. 캐나다에서는 내신등급 딱지도 떨어지겠지. 별자리도 그림처럼 또렷이 보일 테고. 의사 부부 딸인 진주에게 캐나다 유학은 결코 꿈이 아니다. 캐나다 가는 길에 비행기가 몸을 틀어 중국에도 들러 줄까? 까짓, 못할 것도 없겠지. 그렇지, 그런 거지. 언제나 그런 거지.

내 안에서 검은 연기가 피어올랐다. 담배 연기처럼 조금씩, 그러다 오염 물질을 쏟아내는 공장 굴뚝처럼 왈칵왈칵. 나는 입술을 일그러뜨리며 따지듯 물었다.

"넌 그런 얘기를 어쩜 이런 식으로 할 수가 있니?"

목청을 높이자 목구멍이 쓰라렸다. 어쩌면 그 아래 더 깊은 곳인지도 모를 일이지만. 뭐가 되었든 진주는 몹시 당황했다.

"어…… 미안해. 저기…… 미리 얘기하려다가…… 괜히 너 걱정할까 봐. 그렇잖아, 내가 미리 의논했으면 나보다 니가 더 걱정했을 거 아니야. 학교 그만두고 이상한 길로 빠지면 어쩌나, 나중에 후회하면 어쩌나…… 그래서……."

"됐어, 괜한 핑계 대지 마. 그래, 내가 뭐, 니 의논 상대가 되겠냐? 니 인생 니가 결정하는 거지, 내가 뭐라고 말할 입장이 되겠냐고!"

끼이익— 새된 소리를 내며 마을버스가 도착했다. 나는 앞뒤 따져 볼 것도 없이 그대로 버스에 올랐다. 문이 닫히자마자 학원과는 다른 방향이라는 걸 알았지만 그냥 맨 뒷자리로 가서 앉았다.

진주는 알고 있을까? 내가 화를 낸 진짜 이유가 무엇인지. 대놓고 물으면 진주는 이렇게 대답할 것이다.

말을 안 하는데 뭔 수로 알겠어.

라고 느릿느릿. 백번 지당한 말씀이지만 나로서도 항변할 말은 있다. 뭔 수로 말을 하는지, 어떻게 다들 하고 싶은 말을 다 하고 사는지 외려 그것이 신기할 따름이다.

내가 그렇게 푸념을 하거나 말거나, 나의 야멸친 하느님은 윤승이와 진주에 이어 유라까지 보내 주셨다. 눈에 안 들어오는 『홍길동전』 지문을 들이파고 있을 때 날아온 문자메시지.

'성공! 성공! 윤승이랑 데이트 약속 잡았어. 끼야오!!'

하긴, 한 달간 그만큼 지지부진했으니 진도가 늦은 셈이다. 차라리 진작 이렇게 되었으면 속 끓이는 시간이 줄어들었을 텐데.

"자, 87페이지 좀 펴 봐. 지구는 태양을 중심으로 돌고 달은 지구를 중심으로 돈다. 그리고 수능은 언어영역을 중심으로 돈다. 모르는 건 아니지? 설마 졸린 건 아니지? 특히나 이거, 내년도 수능 언어영역 9번 문제다. 어, 허풍 아니야. 잘 들어. 엉?"

국어 강사가 느물느물 말했다.

수능 언어영역 9번 문제라. 믿는 것은 아니지만 저 허풍이라도 믿어야 다리 뻗고 잘 수 있을 것이다. 나는 샤프펜슬을 움켜쥐고 87페이지에 눈을 박았다.

그렇지. 지구는 태양을 중심으로 돌겠지. 달은 지구를 중심으로 돌 테지. 이 만고의 진리처럼, 지구는 진주를 중심으로, 혹은 나와는 다른 누군가를 중심으로 돌겠지. 가만히 앉아 있어도 지구가 알아서 주위를 돌며 365일을 마련해 주는 삶도 있겠지. 그리고 나 같은 인간은 죽어라 헉헉대며 달의 뒤를 좇아 지구 언저리를 빙빙 돌아야 할 테지. 그래야 1년이 살아질 테니까. 게으름을 피우다가는 달에게 뒤통수를 맞아 끝없는 우주로 굴러떨어져 버릴지도 모르니까. 부지런히, 미친 듯이, 앞뒤 돌아보지 않고 달리고 달리고 달리고.

그런데 365바퀴씩 줄잡아 칠십 년이면 대체 얼마지? 박카스라도 한 박스 들이켜고 싶은 밤이다.

사뿐히 즈려밟고 가시라고 진달래꽃을 한 아름 뿌려 드릴 생각까지는 없지만, 그렇지만 일단 끝난 상황을 놓고 연연해 하는 건 딱 질색이다. 그런데도 요즘 내 맘이 도통 왜 이러는 건지.

오직 별이 잘 보일 것 같아 캐나다로 간다는 진주의 말이, 날 잡아 봐라 하고 놀리는 소리로만 들렸다. 캐나다에 가면 내신 8등급 진주도 꿈에 그리던 천문학과에 갈 수 있을 거라고 생각하면 가슴이 자글자글 타들어 갔다. 이렇다 할 빽도 비전도 지금 당장은 없지만, 이라고 노래방에서 함께 악을 쓰던 진주를 생각하면 뭔가 농락 당한 기분이었다. 진주가 눈치를 살피며 내 주위를 빙빙 돌았지만 내게는 그 모습이 바람난 남자 친구의 뒤늦은 변명처럼 궁색해 보였다.

그리고 유라도 뒤질세라 윤승이와의 첫 번째 데이트를 끝내고 늦은 밤 우리 집 앞으로 찾아와서 내려오라는 문자를 보냈다. 어쨌거나 한바탕 자랑을 들어 줘야 끝날 모양이니 체념의 정신으로 나가는 수밖에. 나는 야구 모자를 푹 눌러쓰고 그늘을 밟아 가며 놀이터로 갔다.

그런데 아파트 놀이터 그네에 앉은 유라의 뒷모습이 심상치 않다. 유난히 좁고 야윈 어깨를 들먹이는 품이, 아무래도 울고 있는 것 같다.

"왜 그래?"

유라는 대답도 없이 그저 훌쩍거렸다. 징징대는 게 아니라 훌쩍훌쩍, 촉촉한 속눈썹이 바르르 떨리는 모양새가 점점 불안해진다.

"야, 왜 그러냐니까!"

고운 목소리로 달래 주면 좋으련만 목소리는 내 맘과는 달랐다.

그런데도 유라는 한참을 훌쩍거리며 내 진을 다 빼고서야 툭 한마디를 던졌다.

"나, 보기 좋게 차였어."

잘했어. 솔직히 차윤승한테는 니가 아깝지, 뭐. 잘된 거야. 라고 말해 주면 좋으련만, 이번에는 입이 떨어지지 않았다. 별자리니 혈액형이니 하는 소리도 전혀 떠오르지 않았다. 다만 내 머릿속에는 오직 한 가지, 내가 친구의 눈물에 진정으로 공감할 수 있기를 바라고 또 바라는 위태로운 소망뿐.

한참 만에야 나는 기껏 이렇게 물을 수 있었다.

"그게…… 무슨 소리야?"

"의논할 게 있다고 꼬드겨서 불러냈는데…… 자식이 뭐 마려운 애처럼 자꾸 무슨 일이냐고 묻는 거야. 그래도 좋게 해석했지. 내가 먼저 말 꺼내기를 은근히 기다리는구나, 귀여운 녀석…… 하고 말이야."

유라가 콧물을 훌쩍 들이켜고서 픽 웃었다.

"그래서?"

"그러다가 어찌어찌 공원까지 끌고 가서 앉았는데 차마 입이 안 떨어지는 거야. 정말 나도 나를 모르겠더라고. 너도 알다시피, 내가 어디 미적지근하게 그러냐? 근데 윤승이 앞에서는 이상하게 가슴만 벌벌 떨리고 입이 안 열려. 그래서……."

"그래서? 그래서?"

내처 캐물어도 유라는 또 입을 꾹 다물고 한참을 머뭇거렸다.

마음 같아서는 유라 머릿속으로 들어가 그 상황을 스캔 받고 싶은 심정이다. 그래도 한숨을 한 번 내쉬고, 목소리를 한 톤 낮추어서 다시 물었다.

"그래서?"

"그래서 확 키스를 해 버렸지, 뭐."

유라는 킥, 하고 또 웃었다. 그러고는 장맛비에 둑이 터진 것처럼 미친 듯이 킬킬거렸다. 그러다 사레가 들려 눈알이 벌 게지도록 기침을 몇 번이나 하고서야 겨우 다시 입을 열었다.

"완전 얼어 있더니 내가 입술을 떼자마자 날 와락 밀어내더라고. 뭐, 말하자면 내가 성추행범이 된 거지. 그러더니 불쑥 하는 말이, 자기는 좋아하는 여자가 있대."

나 자신에게도 고백하기 민망한 얘기지만 그 순간 내 머릿속에서 번득, 명사의 일대 교환이 이루어졌다. 좋아하는 여자가 있대, 에서의 그 여자라는 보통명사가 하송미, 라는 고유명사를 의미하는 게 아닐까 하는.

"그게 누군지 아니?"

유라는 그렇게 묻고 나를 빤히 쳐다보았다.

나는 야구 모자 챙을 더 깊이 아래로 잡아당기며 내가 어떻게 아냐고 퉁명스럽게 대꾸했다.

다시 조금 뜸을 들인 후, 유라가 빈 미끄럼틀을 물끄러미 바라보며 말했다.

"미술 학원 강사. 알바 뛰는 대학생이랑 사귄댄다."

피어싱. 다섯 개의 무광택 은빛 피어싱. 나는 언뜻 1년 전 보았던 그 강사를 떠올렸다. 그새 강사가 바뀌었을 가능성도 있지만 어쩐지 그 여자일 것만 같은 예감, 아니 확신. 초록빛의 짧은 스포츠 머리 연상녀와 차, 윤, 승. 이건 내 확고한 이론을 한 방에 무너뜨리는 일대 반란이다.

유라는 말문이 막힌 나를 힐긋 보고는 다시 말했다.

"그래, 어이없지? 나도 그래. 차윤승, 걔가 감히 다섯 살 연상의 대학생이랑 사귈지 누가 알았겠냐? 그 여자가 먼저 대시했대. 사귄 지 육 개월이 넘었대. 미술 학원 앞에서 기다리다가 그 여자 본 적 있는데, 귀에다 피어싱을 몇 개를 했는지……. 차윤승이 바로 그 여자랑? 나 참, 기가 막혀서……. 사람 겉만 봐서는 모르는 거야. 그리고 그 여자, 진짜 웃기지 않니? 아무리 알바라도 선생인데, 어린 제자랑 그래도 되는 거야? 이거, 성범죄 아니야? 세상이 아무리 험하다고 이래도 되는 거야?"

유라는 실연의 아픔을 잊고 동방예의지국의 몰락을 한탄하느라 열변을 토했다. 그러나 그것도 잠시, 두 손으로 얼굴을 다 감싸고 엉엉 울기 시작했다. 달이, 태양빛을 반사하기에도 지친 달이, 흐릿한 얼굴로 지켜보는 가운데 유라는 한참을 그렇게 울었다.

나는 유라의 어깨에 손을 얹으며 말했다.

"샌드위치랑 커피우유 사 줄까? 편의점 가자."

유라가 천천히 고개를 저었다. 순도 백퍼센트의 진심으로, 나는 다시 말했다.

"거기 감자샌드위치 맛있어. 커피도 따뜻하고 비싼 걸로 사 줄게. 스타벅스 걸로, 응? 그래, 기분이다. 자유시간 하나 추가. 어때?"

유라는 내 말이 들리지도 않는 것처럼 멍한 얼굴로 허공을 바라보았다. 그러더니 독백이라도 하듯 불쑥 말했다.

"있지, 차윤승이 내 첫사랑이다."

그 순간, 내 가슴속에서 뭔가가 뻥 하고 터졌다. 비눗방울처럼 위태롭지만 분명히 존재하던, 뭐라 이름 붙일 수 없는 그 무엇. 그게 무엇이든 나는 유라에게 들키고 싶지 않았다. 심지어 나 자신에게도.

나는 소리 높여 깔깔거리며 요란하게 박수까지 쳐 댔다.

유라가 빨간 코끝을 곤두세우고 나를 흘겨보며 말했다.

"웃지 마, 진짜야. 나, 지금까지는 그냥 뭔가, 뭔가 나를 들뜨게 하는 게 필요해서 괜히 그랬던 것뿐이었어. 순정만화 따라 하느라 들썩이고 그랬던 거지. 어렸을 때 인형 가지고 엄마 아빠 놀이 하는 거, 그거랑 다를 게 있었나 뭐. 근데…… 윤승이 좋아하면서 알았잖아. 황유라가 이제야 사랑을 배우는구나, 누가 많이 좋아서, 좋아서 이렇게 아프기도 한 거구나. 누군가를 사랑한다는 건, 외로운 일이구나…….”

유라는 그렇게 말을 마치고는 허공에 대고 씩 웃어 보였다. 마치 첫사랑 차윤승에게 상큼한 결별의 미소를 날리는 것처럼. 그러고는 후련한 얼굴로 나를 돌아보며 말을 이었다.

“뭐, 첫사랑 도장 제대로 찍었으니 됐다. 성추행 수준이었지만 첫사랑하고 키스도 했으니까 된 거야. 열여덟에 이 정도면 좀 진도가 처지는 편이지만 뭐, 그래도 차윤승, 황유라의 첫사랑 치고 나쁘지 않지. 그래, 그런 거야. 너, 샌드위치에 커피 쏜다고 했지? 스타벅스라고 했겠다! 좋아, 먹자, 먹어.”

유라는 딱 부러지게 말을 마치고 발딱 일어섰다. 하얗게 밤을 밝히기 시작하는 벚꽃을 등지고 있는 유라는, 잊혀지기 어려울 만큼 예뻤다.

“좋겠다, 너는 먹고 싶은 게 많아서.”

나는 발끝으로 모래를 툭툭 차며 말했다. 어쩐지 눈가가 스멀거려서 유라를 쳐다볼 수가 없다.

“어서 가자, 응? 배고파! 실연 당하면 얼마나 배가 고픈지 아니?”

유라가 평소의 뻔뻔한 얼굴을 완전히 되찾아 아예 내 팔을 잡아끌며 보챘다.

나는 못 이기는 척 일어나 유라와 함께 편의점으로 들어갔다. 곧장 노란 바구니를 들고 스페셜 샌드위치에다 스타벅스 병커피와 자유시간을 주워 담았다. 그것도 모두 두 개씩. 이 정도면 지갑 속 깊숙이 집어넣어 둔 비상금을 털어야 할 사태다.

하지만 내게도, 샌드위치와 커피우유가 필요한 순간이다.

"너도 먹게?"

유라가 내게 물었다.

나는 유라를 흘겨보며 대답했다.

"너만 입이냐?"

그러니까, 이제 차윤승은 황유라의 첫사랑이 되어 버렸다. 보기 좋게 차였대도 차윤승이 황유라의 첫사랑이라는 사실에는 변함이 없다. 그리고 나는, 나는 그저 윤승이의 흔하디흔한 고등학교 동창일 따름이다. 윤승이는 내게 특별할 것도 없는 학창 시절의 동급생일 뿐인 것이다. 우리, 라고 엮어 말할 수 있는 빌미 따위는 없다. 모든 것을 내 안에 봉인해 버렸기에. 미술도, 윤승이도, 그 무엇도.

"따지고 보면 실연도 나름 멋져, 그치?"

내 말에 유라는 대번에 손사래를 치며 펄쩍 뛰었다.

"미쳤구나, 미쳤어. 실연의 상처, 그거 약도 없어! 그래도 뭐, 샌드위치가 좀 도움은 되는 편이지만."

문득, 마르크스와 이영훈의 뒷모습이 환영처럼 떠올랐다. 마르크스는 무덤 속에서도, 빗발치는 총알 사이로 시가 연기를 내뿜는 체 게바라를 부러워하지 않았을까. 이영훈도 어쩌면, 콘서트장 한 귀퉁이에서 풍선 부대의 아우성을 훔쳐보지 않았을까. 아마도, 적어도 가끔은.

"첫사랑도 끝났고…… 이제 뭐 하지? 무슨 낙으로 사냐? 아 그래, 애니메이션 학원이라도 알아볼까? 돈 많이 들겠지? 그건 독학으로는 어떻게 안 되나?"

유라가 어느새 샌드위치 비닐 포장을 벗겨서 우적우적 씹으며 종알거렸다.

나는 조금씩 식어 가는 커피 병을 만지작거리며 하늘만 올려다보았다. 달은 그새 아파트 저편으로 사라져 밤하늘은 더욱 고요해진 듯했다. 어디선가 자동차가 급브레이크를 밟는 소리가 들려왔지만 먼 세계처럼 아득했다. 어두운 하늘에 드문드문 별들이 모습을 드러내고 있었다. 그러고 보니 서울 하늘에도 꽤나 별들이 많았다.

문득 진주가 몹시 보고 싶어졌다. 나는 커피 병을 벤치에 내려놓고 휴대전화를 열었다.

'샌드위치와 커피우유의 밤이다. 지금 당장 803동 앞으로!'

그렇게 쌩하게 굴었지만 문자 한 통이면 진주는 아마도 단걸음에 달려 나올 것이다. 기집애, 그러게 가까이 사니 좀 좋아? 캐나다는 무슨……. 버터에 미끄러져서 코나 깨져라! 맘으로 저주의 문자를 날리는데 콧등이 시큰해졌다.

나는 얼른 고개를 위로 꺾었다. 바람이 분다 싶더니 구름이 밀려간 모양이었다. 별들은 좀 더 또렷해졌고, 그래서인지 가까워진 듯했다. 그래, 진주라면, 저 무수한 별들을 엮어 놓은

이야기들을 수도 없이 알고 있을 테지. 별 도움은 안 될 테지만 그래도, 이야기를 지닌 별들은 내게도 특별하겠지. 그저 멀고도 희미한 빛이 아닌, 지금 나에게로 오는 반짝이는 이야기.

나는 샌드위치 비닐 포장을 벗기기 시작했다.

"목 막혀, 이것부터 마셔."

유라가 말했다. 그러고는 내 커피를 집어 들어 유리병의 단단한 뚜껑을 비틀어 열었다. 뺑 하는 소리가 침묵의 밤에 나직하게 울렸다.

영두의 우연한 현실

1

　1991년 8월 23일 새벽, 영두가 태어났다. 기다렸다는 듯 태
풍 글래디스가 한반도를 강타하여 사망 74명, 실종 29명 등 모
두 103명의 인명 피해를 기록했다. 공식적인 집계만으로도 재
산 피해액은 583억 원에 달했다. 영두네 집에도 안방까지 물이
차올랐고, 예정일이 보름이나 남았음에도 영두 어머니는 그
와중에 진통을 시작했다. 영두 아버지는 공장장에게 허락 받
지도 않고 끌고 나온 회사 트럭을 폭풍우 속으로 거칠게 몰며
이렇게 말했다.

　어떤 놈이 나올라고 천지가 요동을 치는겨?

　정작 본인은, 그러니까 영두는 어둡고 좁은 통로에 끼여 폭

풍우에 대해서는 전혀 몰랐다. 자신이 맞닥뜨려야 할 세계에 대해 아무것도 몰랐다. 선택권은 없었다. 영두는 억울하다는 듯 울음을 터트리며 낯선 세계로 머리를 디밀었다. '붕괴'와 '추락'이라는 단어가 깃발처럼 펄럭이는 세계였다. 적어도 영두가 태어난 1991년부터의 세계는 그러했다.

우선 1991년에는 소련을 비롯한 사회주의권이 굉음과 함께 무너져 내려 '붕괴'라는 단어가 연일 신문지상을 도배했다. 그러더니 이어 신행주대교, 성수대교, 삼풍백화점이 무참하게 내려앉았고 서울 아현동과 대구 지하철 공사 현장에서 도시가스가 폭발했으며 부산 구포에서 열차가 탈선하고 제주도와 괌에서 KAL기가, 목포에서는 아시아나 항공기가 추락했으며 이에 질세라 서해에서는 페리호가 침몰했다. 마침내 1997년 말, 영두의 초등학교 입학을 미리 축하라도 하듯 IMF 사태가 터져 대한민국호가 침몰 직전의 아수라장이 되었다.

다행히 영두는 이 모든 붕괴와 추락을 비켜나 안전지대로 몸을 피했다.

삼풍백화점이 무참하게 내려앉은 1995년, 영두 아버지는 공장에서 하마터면 손가락이 세 개나 잘릴 뻔하였으나 간발의 차이로 사고를 모면했다. 0.3센티미터의 행운이었다. 가을에는 영구임대 아파트에 당첨되어 집 없이 떠도는 신세를 면하게 되었으며 영두 어머니는 빚을 얻어 아파트 상가에 작은 분식점을 차렸다. 전라도 태생 여자의 손맛으로 분식점은 문전

성시를 이루었고, 영두가 초등학교에 들어갈 때쯤에는 임대 아파트를 떠나 영두네 소유의 24평 아파트로 이사했다. IMF가 터져 회사가 도산하는 바람에 영두 아버지는 실직했지만 분식점에 합류할 수 있었고, 할인마트 때문에 인근 상점들이 다 휘청거릴 때도 분식점은 나 홀로 호황을 이어 갔다.

아버지의 합류로 조금 여유가 생기자 어머니는 팔을 걷어붙이고 아이들을 챙겼다. 영두 누나는 공부에서 특출하지는 못했지만 야무진 성격답게 실속 있는 치기공과를 택해 전문대로 진학했다. 영두는 누구를 닮은 것인지 기억력이 비상했다. 아들이라는 이유로 엄마의 뒷바라지가 좀 더 넉넉했던 것도 사실이었다. 덕분에 초등학교에 입학한 다음부터 내내 남보다 나은 성적표로 부모님을 기쁘게 했다.

그러나 이제 고등학교 3학년 여름방학을 맞은 지금, 영두는 기초 체력이 달리는 축구 선수처럼 문전 쇄도를 앞두고 주춤거렸다. 수학에서도 영어에서도, 하느라고 하는데도 조금씩 뒤로 밀려났다. 그렇다고 모모한 친구들처럼 고액과외를 받을 수는 없었고 고작 학원 단과에 목을 매며 엉덩이가 짓무르도록 독서실을 지키고 앉아 있을 수밖에 없었다. 그 중에서도 논술이 영두의 발목을 잡았다. 결국 형편이 닿지 않는다는 걸 알면서도 유명짜한 논술 과외팀에 들어갔지만 그것도 뾰족한 수가 되어 줄 것 같지는 않았다.

그런 상황이니 여름방학이라고 두 다리 뻗고 누워 있을 수는 없었다. 아침 여덟 시 수학 단과를 시작으로 학원과 독서실, 독서실과 학원을 오가다 보면 밤 열 시나 되어야 집으로 돌아올 수 있었다.

영두는 인생이, 한마디로 노란 풍선이라고 생각했다. 어릴 적 놀이공원에서 받은 노란 풍선처럼 무언가가 자꾸만 손아귀에서 빠져나갔다. 손톱이 살을 파고들 정도로 힘주어 쥐고 있는데도 풍선은 더 높이 달아났다. 그렇다고 달리 빠져나갈 구멍이 있는 것도 아니었다.

적어도 8월 7일 오전 11시 15분까지는, 그랬다.

온 세상이 한꺼번에 낮잠에 빠져든 것처럼, 고요한 날이었다. 8월 7일. 학원도, 심지어 독서실도 여름 휴가 기간이었다. 영두는 평소대로 일곱 시에 눈을 떴지만 휴가 기간이라는 걸 깨닫고는 다시 잠에 빠져들었다. 이대로 깨어나지 않았으면 좋겠다고, 영두는 잠결에 얼핏 그런 생각을 했다. 어머니가 아무리 흔들어 깨워도 영두는 음…… 하고 신음 소리를 내뱉을 뿐 깨어나지 않았다. 이마에는 땀방울이 송송 맺혀 있었다. 아무래도 피로가 쌓인 모양이라고 생각하며, 어머니는 아들의 등을 몇 번인가 쓸어내리다 선풍기를 약풍으로 틀어 놓고 가게로 나갔다.

영두는 꿈을 꾸고 있었다.

영두는 우주 공간에 둥둥 떠 있었다. 아래위, 왼쪽 오른쪽,

어디를 바라보아도 검은 우주였다. 사방에는 별들이 점점이 박혀 있었고 인간이 이름 붙인 바 없는 신비가 소용돌이치고 있었다. 그렇게 우주에 뜬 채로, 영두는 두드려 맞고 있었다. 어딘가에서 무서운 주먹이 날아와 배를, 등을, 얼굴을, 팔을, 뒤통수를 무자비하게 갈겨 댔다. 영두는 얻어맞을 때마다 이쪽저쪽으로 휘청휘청 무력하게 떠밀렸다. 그만하라고, 살려 달라고 외쳤으나 진공의 우주에서 소리가 들릴 턱이 없었다. 주먹질은 끝이 없을 듯 이어졌다. 대체 이 무지막지한 주먹질이 언제 끝날지 알 수 없었다. 우주의 나이만큼이나 영원히 계속될지도 몰랐다.

그러다 어느 순간 주먹질이 멎었다. 영두는 퉁퉁 부어오른, 아니 퉁퉁 부어오른 듯한 눈을 슬며시 떴다. 눈을 제대로 뜰 수도 없었다. 그래도 실눈 사이로 저만치 혜성이 벨 소리를 길게 늘어뜨리며 날아가는 양이 보였다.

벨 소리…… 라고? 영두는 눈꺼풀에 힘을 주었다. 반짝, 하고 눈을 떴다. 아이보릿빛 천장 벽지가 보였다. 욱신거리는 목을 애써 옆으로 돌려 보니 책상과 책장이 보였다. 책상 앞 벽에는 하얀 종이에 명조체의 검은 글자들이 일렬횡대로 늘어서 있었다.

오늘 당신이 살아가는 하루는 누군가 그토록 살고 싶어했던 내일이다.

영두는 두 손으로 바닥을 짚고 억지로 몸을 일으켰다. 머리

를 흔들어 악몽을 털어 내었다. 너무도 생생하던 통증도 조금
씩 사라졌다. 그래도 벨 소리는 끊이지 않고 들렸다.

영두는 무거운 발을 끌고 거실로 나가 전화를 받았다.

"여보세요."

"이영두 학생 집이죠?"

사내는 확성기에 대고 소리치는 것처럼 대뜸 목청을 높였다.

영두는 전화기를 귀에서 조금 떼어내었다가 다시 입가로 가
져가 대답했다.

"네, 그런데요?"

"이영두 학생 부모님 있어요?"

"무슨…… 일이신데요?"

"아, 여기 인애병원이에요. 저는 구로경찰서 주진호 형삽니
다. 지금 이영두 학생이 인애병원 응급실에 있거든요. 집에서
는 모르고 계셨죠?"

"네에?"

"소지품도 하나 없는 걸 지문 조회로 겨우 신원을 알아내서
연락드리는 거예요. 보아하니 어디서 패싸움이라도 한 모양인
데…… 다행히 목숨에는 지장이 없다는군요. 뭐, 조사를 더 해
봐야겠지만…… 일단 부모님이 좀 오셔야겠는데…… 혹시 동
생인가? 아니면 형?"

패싸움……? 영두는 언뜻 좀 전의 꿈을 떠올렸다. 그러나 이
내 고개를 저으며 픽 하고 웃고는 수화기를 바투 쥐고 말했다.

"전화 잘못 거신 거 같아요. 아마 동명이인인가 보네요. 제가 바로 이영두거든요."

"뭐? 그럴 리가 있나……."

형사는 잠시 말을 멎는가 싶더니 곧 영두의 주민등록번호와 집 주소와 부모님 이름을 대었다. 틀림없이 영두와 일치하는 정보였다. 형사가 다시 말했다.

"뭐, 보아하니 사고깨나 치고 다닌 것 같은데…… 그래서 식구 아니라고 잡아떼고 싶은 거야? 그러면 쓰나, 엉? 얼른 부모님한테 연락해서 인애병원 응급실로 오시라고 해."

형사는 그대로 전화를 끊어 버렸다.

2

1991년 8월 23일 새벽, 영두가 태어났다. 태풍 글래디스가 무서운 기세로 반도를 집어삼키던 새벽이었다. 사망 74명, 실종 29명 등 인명 피해는 103명에 달했고, 재산 피해액도 583억 원으로 집계되었다. 방 두 칸짜리 반지하인 영두네 집에도 황토물이 넘쳐 들었다. 예정일이 보름이나 남았음에도 영두 어머니는 하필이면 바로 그런 때에, 진통을 시작했다. 영두 아버지는 연락을 받고 부랴부랴 회사 트럭을 무단으로 몰고 나와 폭풍 속으로 액셀러레이터를 밟으며 이렇게 말했다.

어떤 놈이 나올라고 천지가 요동을 치는거?

정작 본인은, 그러니까 양수가 미리 터진 산도(産道)에 끼여 있는 영두는, 폭풍우에 대해서는 전혀 몰랐다. 그 밖에도 자신이 맞닥뜨려야 할 세계에 대해 아는 것은 없었다. 어차피 선택권은 없었다. 영두는 공포에 질린 듯 울음을 터트리며 창백한 형광등 불빛 속으로 머리를 내밀었다. '붕괴'와 '추락'이라는 단어가 깃발처럼 펄럭이는 세계였다. 적어도 영두가 태어난 1991년부터의 세계는 그러했다.

우선 1991년에는 소련을 비롯한 사회주의권이 굉음과 함께 무너져 내려 '붕괴'라는 단어가 연일 신문지상을 도배했다. 삼풍백화점이 무너져 내려 무려 502명이 목숨을 잃었는가 하면, 성수대교가 동강나고 지하철 공사 현장에서 폭음이 치솟았으며 페리호가 가라앉고 비행기가 차례로 추락했다. 붕괴와 추락은 유행병처럼 번졌다. 실업률이 치솟고 중소기업들이 맥없이 쓰러지는가 싶더니 급기야, 한보그룹이 부도를 맞고 쌍방울, 삼미, 태평양 그룹이 대기업 부도 행진을 이어 갔다. 마침내 작은 차 프라이드를 앞세워 승승장구하던 기아자동차까지 무너지며 대한민국호는 IMF 사태라는 직격탄을 맞았다.

영두는 이 세계와 더불어 붕괴와 추락으로 점철된 나날을 보냈다.

삼풍백화점이 무너지던 그 해, 영두 아버지는 공장에서 프레스기를 돌리다가 손가락 세 개가 잘렸다. 사장은 쥐꼬리만

한 보상금을 건네며 해고를 통보했다. 영두 아버지는 1년 동안 노동부로 법원으로 뛰어다녔지만 소용없었다. 결국 모아 둔 돈을 모두 날리고 겨우 중고 트럭을 하나 장만해서 야채 행상을 시작했다. 다행히 장사가 잘된다 싶었는데 IMF가 터졌다. 허술한 방파제 같던 영두네는 금방이라도 무너질 듯 쩍쩍 금이 가기 시작했다. 결정적으로, 영두 아버지가 몰던 야채 트럭이 횡단보도를 건너던 한 사내를 치고 말았다. 피해자는 하필이면, IMF로 실직한 가장이어서 사고가 일어나자 옳다구나 하고 병원에 드러눕고 말았다. 영두 아버지는 합의를 위해 트럭을 팔고 다시 맨몸이 되어 막노동을 시작했다. 그리고 얼마 지나지 않아 이음새가 허술한 발판을 디디는 바람에 아파트 공사장 18층에서 추락해 그대로 목숨을 잃었다.

그 후 영두 어머니는 식당 일, 가사도우미, 목욕탕 때밀이까지, 닥치는 대로 돈을 벌었지만 세상을 따라잡을 수 없었다. 영두 누나는 중학교 때부터 아르바이트로 집안을 돕다가 여상으로 진학했고, 영두는 내내 빈집에 홀로 남겨졌다. 낱낱이 읊을 것도 없이 빤한 나날이 이어졌다.

이제 고등학교 3학년이 된 영두는 한마디로 거물이었다. 덩치는 왜소했지만 근성만은 누구에게도 뒤지지 않았다. 일단 멱살을 움켜쥐고 한곳만 죽어라 갈기는 영두의 주먹은, 같은 패거리들도 혀를 내두를 정도의 독기를 품고 있었다. 사람을 가리지도 않았으며 상황을 따지지도 않았다. 영두는 신창공고 일짱으로 무소불위의 권력을 누리며 근동의 진짜 '형님'들과도 친분을 쌓아 가고 있었다.

영두는 인생이, 한마디로 '씨팔'이라고 생각했다. 하나 더 꼽으라면 '하필이면' 정도를 댈 수 있었다. 인생의 즐거움이라야 고작, 누군가를 후려갈길 때의 짜릿한 전율 정도였다. 그렇다고 달리 빠져나갈 구멍이 있는 것도 아니었다.

적어도 8월 7일 오전 11시 15분까지는, 그랬다.

온 세상이 한꺼번에 낮잠에 빠져든 것처럼, 고요한 날이었다. 8월 7일, 휴양지를 찾아 떠나는 사람들로 고속도로가 몸살을 앓고 있는 그 때에도 할인마트 에어컨은 쉬지 않고 돌아가고 있었다. 그러나 그 어디에도 영두 어머니의 자리는 없었다. 영두 어머니는 오늘도, 푹푹 찌는 반지하 단칸방에 누워 있었다. 할인마트 계산원으로 일하다 허리 디스크로 한 달에 세 번을 결근하고 하루아침에 해고된 지 벌써 두 달이 가까워지고 있었다. 남아 있는 날들을 대체 어떻게 버텨야 할지 암담했지만 그보다 더 큰 걱정은 따로 있었다. 영두가 벌써 이틀째 집에 들어오지 않고 있었다. 영두 어머니의 주름진 눈가로 치적치적 눈물이 배어 나왔다. 한두 번 있는 일이 아니었지만 이번에는 예감이 좋지 않았다.

영두는 꿈을 꾸고 있었다.

영두는 우주 공간에 둥둥 떠 있었다. 아래위, 왼쪽 오른쪽,

어디를 바라보아도 검은 우주였다. 사방에는 점점이 별들이 떠 있었고 인간이 명명한 바 없는 신비가 소용돌이치고 있었다. 영두는 살랑이는 파도에 떠다니듯 허공에 몸을 내맡기고 나른한 잠에 빠져들었다. 거칠지만 따뜻한 누군가의 손길이 영두의 등을 쓸어내렸다. 영두는 잠결에 음…… 하고 기분 좋은 신음 소리를 냈다. 이내 부드러운 바람이 뺨을 간질였다. 영두는 가지 말라고, 이대로 영원히 어루만져 달라고 말했지만 진공의 우주에서 소리가 들릴 턱이 없었다.

그러다 어느 순간 그 손길이 멀어져 갔다. 영두는 잠에 취한 눈을 슬며시 떴다. 수천 년을 자고 일어난 것처럼 머릿속이 멍했다. 뼈마디가 다 녹아내린 듯 온몸이 흐물흐물했다. 제대로 눈을 뜨기도 어려웠다. 그래도 실눈을 뜬 눈동자는 바로 앞의 낯선 여자를 볼 수 있었다.

검은 머리카락을 허리까지 치렁치렁하게 늘어뜨린 여자는, 놀란 눈으로 영두를 들여다보며 금붕어처럼 입을 뻐끔거리고 있었다. 스물로도, 서른으로도, 어쩌면 마흔으로도 보이는 여자는 어딘가 비현실적이었다. 아무튼 처음 보는 얼굴이었다.

누구……? 영두는 눈꺼풀에 힘을 주었다. 그 순간 띠리링 하는 종소리와 함께 편의점 안으로 후끈한 공기가 밀려들었다.

영두는 벌떡 일어났다. 허방을 짚는 듯 온몸이 휘청거렸고 억지로 뜬 눈 안으로 핏물이 흘러들었다. 그런 몸으로 영두는 손에 잡히는 대로 마구 집어 던지며 괴성을 질러 댔다. 그러다 맞은편에 아이보릿빛 문이 조금 열려 있는 걸 얼핏 보았다. 영두는 비명을 지르며 그 문 안으로 뛰어들었다. 철제 선반이 양쪽으로 늘어선 그 방 끝에는 또 다른 문이 보였다. 영두는 단걸음에 그 문을 열고 뛰쳐나갔다. 쾅! 하고 뒤에서 문이 닫히자 영두의 두 다리가 푹 하고 꺾였다.

정오로 달려가는 태양이 피로 얼룩진 영두의 정수리를 뜨겁게 내리쏘았다. 영두는 픽 하고 두 손으로 바닥을 짚고는 엉금엉금 기기 시작했다. 마침 그 앞을 지나던 중학생 남녀 커플이 영두를 보고는 비명을 지르며 도망쳤다. 영두는 그들이 사라진 큰길 쪽으로 오른팔을 쭉 뻗었다. 그러고는 그대로 쓰러져 의식을 잃었다.

3

"누구?"

간호사가 차트를 바삐 넘기며 되물었다.

영두는 공연히 눈치가 보여 주위를 흘금거리다가 조금 더 목소리를 높여 말했다.

"이, 영, 두. 아까 잔뜩 얻어맞고 실려 온……."

"아!"

간호사는 '얻어맞고'에서 고개를 들더니 응급실 맨 안쪽을 가리키며 말했다.

"저쪽, 끝에서 세 번째. 아 참, 부모님은 오셨어요? 입원 수속 해야 하는데."

"많이…… 다쳤나요?"

"갈비뼈 하나 부러졌고, 오른팔에 금 갔고 또……."

간호사가 고개를 갸웃거리며 쌓여 있는 차트를 뒤적거렸다.

영두는 됐다고, 나중에 얘기해 달라고 말하며 서둘러 물러났다.

쿵 쿵 쿵 쿵.

아이보릿빛 커튼 안쪽에서 심장박동 소리가 들려왔다. 어쩌면 영두 자신의 심장에서 들려오는 것인지도 몰랐다. 대체 무슨 생각으로 여기까지 오고 만 것인지 알 수 없었다. 패싸움으로 만신창이가 되어 응급실에 누워 있는 이영두라니, 말도 안 되는 소리라고 무시하면 그뿐이었다. 부모님에게 얘기해서 어찌 된 일인지 더 알아볼 수도 있을 터였다. 그러나 어쩐지 그럴 수가 없었다. 형사와 통화를 끝내고 나서 영두의 심장은 내내 이렇게 두근거렸다. 자신의 일부를 어딘가에 두고 온 것처럼 초조했고, 뭔가 중요한 것을 잃어버린 듯이 불안했다. 그 모든 예감이 영두의 발길을 잡아끌었다. 제 발로 찾아와 확인할 수밖에 없었다. 영두는 한참을 머뭇거리다 세 번째 침대 커튼을 슬쩍 들어올렸다.

거기, 침대 위에 영두가 누워 있었다.

두 눈은 감자처럼 부어올랐고 입은 뒤틀려 있었으며 머리통에는 붕대가 친친 감겨 있었다. 하지만 영두는, 알 수 있었다. 지금 제 눈앞에 누워 있는 사람은 바로 자기 자신이었다.

다른 사람들 눈에는 쌍둥이로 보일 수도, 형제로 보일 수도 있을 터였다. 생김새가 같대도 판이하게 다른 인상 탓에 아예 남남으로 여길 수도 있을 것이었다. 영두의 이성 역시 그랬다. 환자복 사이로 문신이 들여다보이는 소년, 막 나가는 인생의 표본 같은 인간이 자기 자신일 리가 없다고 생각했다.

그러나 어떤 본능이, 지금 만신창이가 되어 누워 있는 사람은 다름 아닌 자기 자신이라고 말하고 있었다. 닮은 사람도, 잃어버린 쌍둥이도 아니었다. 그는 영두와 완벽하게 똑같았다. 30억 개의 DNA 염기쌍으로도 설명할 수 없는 그 모든 것까지 똑같은, 자기 자신이었다. 영두의 몸이 그렇게 말하고 있었다.

영두는 무서운 확신에 휩싸인 채 냉동 인간처럼 뻣뻣해진 팔을 천천히 들어올려 영두의 어깨를 슬며시 건드렸다. 그러자 누워 있는 영두의 입에서 얕은 신음 소리와 함께 들릴 듯 말 듯 욕지거리가 새어 나왔다. 영두는 놀라서 얼른 손을 치웠고, 영두는 천천히 눈을 떴다.

영두와 영두는 서로를 바라보았다.

"너…… 뭐야?"

영두가, 만신창이가 되어 누워 있는 영두가 먼저 입을 열었다. 누구인지 알아볼 수도 없을 만큼 엉망이 된 얼굴이 경악으로 일그러졌다. 하늘빛 체크무늬 남방에 베이지색 면바지를 말쑥하게 차려입은 영두의 얼굴도 마찬가지였다. 영두와 영두는 일그러진 거울을 마주 보며 말을 잇지 못했다.

바로 그 때 커튼을 차르륵 젖히며 간호사가 들어왔다. 간호사는 대뜸 영두를 옆으로 돌려 눕히고 바지춤을 끌어내려 주사를 놓았다. 그러는 동안에도 영두는 깁스한 목을 뻣뻣하게 돌린 채 영두를 바라보고 있었다. 간호사는 주사 두 대를 다 놓고 다시 스테인리스 쟁반을 들고 커튼 밖으로 나가며 말했다.

"형사가 보호자 오면 로비로 오라던데. 아마 아직 기다리고 있을걸요?"

그러자 영두가 영두의 남방을 와락 움켜잡으며 물었다.

"형사라니, 형사가 왜? 왜 여길 온 거야?"

그거야말로 영두가 묻고 싶은 얘기였다. 그러나 그보다 더 중요한 사실은 따로 있었다. 영두는 옷자락을 슬며시 빼내며 물었다.

"너…… 너, 혹시…… 네가 혹시…… 설마…… 이영두야?"

그러나 폭력의 증거로 온몸을 도배하고 있는 영두에게는, 영두의 등장으로 인한 충격보다 형사에 대한 걱정이 우선인 듯했다. 영두는 퉁퉁 부은 눈으로 연방 커튼을 흘금거리며 쏘아붙였다.

"쓸데없는 소리 집어치우고 일단, 핸드폰 좀 내놔. 어서!"

“뭐어?”

“뒤질래? 핸드폰 내놓으란 말야!”

영두는 얼떨떨한 얼굴로 베이지색 면바지 뒷주머니에서 휴대전화를 꺼내 베개 옆에 놓았다.

영두가 다시 말했다.

“일단 나가서 짭새 좀 따돌려 봐.”

“그건 또 무슨……..”

“너 돌탱이냐? 사람 말 못 알아들어? 일단 상황이 어찌 돌아가는 건지 알아봐야 하니까 그 동안 짭새 좀 붙잡고 있으라 이거잖아! 미적거리고 있는 사이에 이리로 들이닥치기라도 하면 어쩌라는 거야? 입 잘못 놀렸다가는 그대로 골로 가는 거야. 모르겠어?”

물론 영두로서는 전혀 알 수가 없는 소리였다. 그러나 어차피 영두도 형사에게 묻고 싶은 게 많았다. 영두는 영두를 불안한 눈빛으로 바라보다가 이윽고 몸을 돌려 커튼 밖으로 나왔다. 마침 주 형사가 응급실 입구로 성큼성큼 들어오고 있었다.

보통 사람이라면 절대로 일어나서 돌아다닐 수 없는 상태였지만, 영두는 달랐다. 단백질이니 탄수화물이니 하는 것들보다는 맷집을 자양분으로 자란 영두였다. 이번에는 정도가 심각했지만 형사니 뭐니 하는 소리를 들으니 그야말로 초인적인 힘이 솟았다.

영두는 반창고를 떼어 내고 손등에서 주삿바늘을 뽑았다. 환자복 바지 위로 붉은 피가 점점이 떨어졌다. 상체를 일으키자 비명이 터져 나올 듯했지만 시트를 움켜쥐며 견뎠다. 영두는 핏빛보다 더 검붉게 달아오른 얼굴로 이를 악물고 침대 아래로 내려섰다. 커튼 사이로 내다보니 영두가 형사와 어깨를 나란히 하고 응급실 바깥으로 나가고 있었다. 간호사와 의사와 경비원과, 그 모든 사람들은 몹시 분주했다. 기회였다. 영두는 옆 침대에 놓인 남의 옷을 훔쳐 입고 응급실에서 빠져나왔다. 수납 창구 옆 대기석에 앉은 중학생 녀석이 야구 모자를 만지작거리고 있었다. 영두는 그 모자를 낚아채 푹 눌러쓰고 병원 밖으로 나왔다.

일단 병원을 빠져나오자 다시 어지럼증이 몰려들었다. 영두는 휘청거리며 담벼락을 짚고서 겨우 버티고 섰다. 그 녀석은…… 대체 누구지? 영두는 그제야 다시 영두를 떠올렸다. 그 녀석…… 그런 샌님 같은 범생이 녀석…… 꼰대같이 차려입은 꼬락서니하고는……. 그런데 어째서 그 녀석이…… 나인 것만 같지? 아니, 그럴 리가 없어. 아니 아니, 지금 그 녀석 따위를 생각할 때가 아니야.

영두는 거세게 고개를 가로저었다. 미적거리고 있다가는 형사에게 덜미를 잡힐지도 몰랐다. 대체 누구한테 이렇게 맞은 것인지 불어야 할 것이었다. 그랬다가는 표적이 되어 쥐도 새도 모르게 죽어 나갈지도 몰랐다.

영두는 그렇게 기대선 채 새벽녘의 그 처참한 순간을 떠올렸다. 술에 취한 영두는 패거리들과 함께 거리를 헤매며 속으로 되뇌고 있었다. 씨팔, 누구든 걸리기만 해 봐! 죽여 버리고 말 테니까! 누구인지는 상관없었다. 왜인지도 알 바 아니었다. 그저 가슴에서 불길이 타올라 미칠 것 같았다. 어머니는 이제 밥상도 제대로 들기 어려워 보였다. 그런데도 괜찮다, 괜찮다 소리만 하며 몸져누워 있었다. 친구 녀석들의 눈길이 닿는 것도 싫을 만치 곱던 누나는 남편이 실직한 지 1년 만에 얼굴이 반쪽이 되어 버렸다. 어머니도, 누나도, 매형도 보기 싫었다. 그 밖의 누구라도 마찬가지였다. 여태 세상은 단 한 번도 영두의 편을 들어 준 적이 없었다. 씨팔 같은 세상이라면 씨팔스럽게 붙어 주는 수밖에 없었다.

그런데 하필이면 그 상대가, 동네 양아치가 아니라 진짜 꾼들이라는 게 문제였다. 패거리들은 첫눈에 상대를 알아보고 뒷걸음질을 쳤지만, 불이 난 영두의 눈에는 천지가 분간되지 않았다. 영두는 그 중 제일 눈빛이 껄끄러운 녀석의 멱살을 움켜쥐고 오른쪽 면상을 갈겼다. 스프링처럼 상대의 주먹이 곧장 날아와 영두의 명치를 쳤다. 그 때부터 영두는 맞기 시작했다. 대체 몇 시간을 맞은 건지, 아니 몇 날 며칠을 맞은 건지 알 수 없었다. 어쩌면 십 분도 채 안 되는 시간이었는지도 모르지만 영두에게는 시간이 멈추어 버린 것 같았다. 그러다 손에 잡히는 돌멩이로 누군가의 면상을 후려쳤다. 그리고 어디론가

달리고…….

애애애앵, 순찰차가 지나갔다. 영두는 기억에서 깨어나 화들짝 정신을 차리고는 서둘러 바로 옆 건물로 뛰어들어 4층 피시방으로 숨어들었다. 누군가를 불러낼 때까지 돈 한 푼 없이 버티기에는 피시방만한 데가 없었다.

여름 휴가철의 피시방은 텅 비어 있었다. 그런데도 영두는 모자를 더 눌러쓰고 훔친 바지에 들어 있던 동전과 천 원짜리를 탈탈 털어 담배와 콜라를 사서 맨 구석에 자리 잡고 앉았다. 곧장 전원을 켜고 네이트온에 접속했다. 이상했다. 아이디와 패스워드가 맞지 않았다. 엠에스엔에 접속했지만 이번에는 존재하지 않는 아이디라고 했다. 혹시…… 아직 기절한 상태에서 꿈을 꾸는 건가? 그게 아니면 너무 맞아서 맛이 가 버린 건가? 영두는 후두둑 머리를 털고서 이번에는 영두에게서 빼앗은 휴대전화를 꺼내 들고 폴더를 열었다. 이영두? 영두는 대기 화면에 떠 있는 이름을 보고 소스라쳤다. 그 녀석! 그 이상한 녀석은 대체…….

어찌 되었든 일단 몸을 피할 곳을 마련하는 게 우선이었다. 선생들마저 가끔 인정하는 비상한 기억력으로, 영두는 전화번호를 차례차례 눌렀다. 이상했다. 집에 전화를 걸자 어떤 할머니가 받아서는 잘못 걸었다는 것이었다. 엉터리 전화번호를 댔다고 형사가 화를 낸 것은 공연한 일이 아닌 모양이었다. 엄마 휴대전화는 결번이었고, 누나 것은 다른 사람 번호였다. 친구 몇 놈에게 걸었지만 모두 마찬가지였다.

영두는 애꿎은 콜라 캔만 짜부라뜨려 바닥에 내동댕이쳤다. 깨갱깽깽! 쇳소리에 카운터 알바 청년이 인상을 찌푸리며 일어났다가 영두를 보고는 얼른 목을 움츠렸다.

그 순간 휴대전화 벨이 울렸다. 화면에 뜬 이름은 다름 아닌 '엄마'였다. 엄마? 나의 엄마? 아니면 그 녀석의 엄마?

영두는 손을 부들부들 떨며 전화를 받았다.

"……여보세요?"

"영두야, 너 어디야, 지금?"

영두의, 영두의 어머니였다. 분명 어머니 목소리였다. 그러나 끼니를 챙기기도 버거워하며 앓아누운 어머니의 말투는 아니었다. 분명 어머니였으나 또한 어머니가 아니기도 했다. 그 녀석의 어머니인 듯싶었지만 또한 자신의 어머니이기도 한 것이었다.

영두 어머니가 다시 말했다.

"순경이 가게로 찾아왔어. 니가 어디서 되게 얻어맞고 새벽부터 응급실에 누워 있다는 거야. 그럴 리가 없다고, 아까까지 집에 있었다고 말을 해도 아니라는 거야. 지문 조회를 해서 나온 건데 무슨 소리냐고…… 나 원 참……. 영두야, 얼른 가게로 와라. 응? 파출소 가서 한바탕 해대고 와야지, 안 되겠어! 어휴, 그럴 리가 없다는 걸 뻔히 알면서도 너 다쳤다는 소리에 어찌나 가슴이 벌렁대던지……. 너 지금 어디야?"

　영두는 폴더를 세게 닫고는 아예 배터리를 빼내서 컴퓨터 테이블 위에 던져 버렸다. 몹쓸 병균이나 무시무시한 괴물이라도 되는 것처럼 멀찍이서 휴대전화를 노려보았다. 대체 이게 다 무슨 일이지? 그 녀석, 그 녀석은 누구지? 설마…… 그 녀석이 나라는 얘기야? 아니, 어떻게? 말도 안 되는 생각이다 싶으면서도 자꾸 그런 생각이 들었다. 그 녀석은 나야. 그 찌질이 같은 녀석은 나야. 분명 그건 나야.

　영두는 담배를 거푸 세 대나 피우며 지난밤부터의 일을 다시 돌이켜 보았다. 몰매를 피해 어찌어찌 도망쳤고…… 그래, 편의점!

4

　띠리링, 종소리를 울리며 영두는 편의점 안으로 들어갔다. 더위에도 남방 단추를 목까지 채우고 있던 터라, 에어컨 바람에 안도의 한숨이 나왔다.

　어디에나 있는, 그런 평범한 편의점이었다. 오른편에는 담배 진열대가 놓인 카운터가 있고, 맞은편 유리벽에는 음식을 먹을 수 있는 높은 테이블이 있었다. 그 옆으로 꺾어진 벽면을 따라 냉장고가 놓여 있었으며 가운데 진열장에는 천 원짜리 몇 장으로 요기할 수 있는 음식들이 즐비했다. 특이한 점이 있다면, 카운터에 서 있는 여자였다.

검은 머리카락을 허리까지 치렁치렁하게 늘어뜨린 여자는 스물인가 하면 서른 같았고, 그런가 하면 마흔 같았지만 또 그보다는 한참 어려 보이기도 했다. 어딘가 비현실적인, 마치 합성사진처럼 주변과 조금씩 어긋나 있는 듯한 여자였다. 아무튼 처음 보는 여자였다.

동생이라고 둘러대고 형사에게 들은 바에 따르면, 영두는 만신창이가 된 상태로 이 편의점 뒷골목에 쓰러져 있었던 것이었다. 그 날 영두를 목격한 중학생들의 증언은, 영두가 편의점 뒷문에서 뛰쳐나온 것 같다고도 했다. 그렇다면 혹시 이 편의점에서 무언가 실마리를 찾을 수 있지 않을까, 이런 막연한 생각으로 물어물어 여기까지 찾아온 것이었다. 하지만 대체 어디서부터 이야기를 꺼내야 하는 것일까.

"저기……."

영두는 뒷머리를 긁적이며 카운터로 다가갔다.

그런데 여자가 카운터 밖으로 나오며 먼저 이야기를 꺼냈다.

"넌 그 때 그 아이가 아닌 것 같아. 원래 이쪽 세계에 살던 아이야. 그렇지?"

이쪽 세계? 알 수 없는 소리였지만 그 때 그 아이란 아마도 그 영두를 뜻하는 것 같았다. 여자의 눈빛은, 난 널 알고 있다고 말하고 있었다. 일단, 영두는 고개를 끄덕였다.

여자가 말했다.

“그렇게 뛰쳐나가서 어찌 되었나 걱정스러웠는데…… 아마 너랑 만난 모양이구나. 그렇지?”

영두로서는 다시 끄덕, 하는 것밖에 달리 할 수 있는 말이 없었다.

여자가 고개를 옆으로 갸웃하게 기울이며 다시 말했다.

“놀랐겠네. 그래, 그랬을 거야. 저쪽 세계에 사는 자신이랑 만나는 일은 언제나 당황스럽지.”

자신. 그 한마디가 영두의 머리를 내리쳤다. 가슴으로, 본능으로 느끼던 사실, 그러나 머리로는 받아들일 수 없던 사실. 그 녀석이 나이고 내가 그 녀석이라는 사실이 여자의 입에서 당연한 현실로 흘러나온 것이었다.

여자는 이어서 봄날의 수다처럼 아무렇지 않은 얼굴로 또 말했다.

“그래도 뭐, 여기까지 찾아온 걸 보면 무턱대고 당황하지만은 않았나 봐. 혹시…… 너, 다중우주에 대해 원래 알고 있었던 거니?”

다중우주? 영두는 얼마 전 논술 과외 선생에게 받은 프린트물의 내용을 떠올렸다. 뭔가, 가물가물 머릿속에 떠오르는 듯했다. 평행우주, 혹은 다중우주. 우리가 무언가를 선택할 때마다 그 경우의 수만큼 수많은 우주가 동시에 존재한다는, 양자역학에 근거한 현대물리학의 우주론. 고작 이 정도 지식을 가지고 다시 고개를 끄덕일 수는 없었다. 영두는 천천히 고개를 저었다.

여자가 싱긋 웃으며 냉장고로 가서 차가운 홍차 캔 하나를 꺼내 영두에게 건네고 또 말했다.

"그래도 뭐, 전혀 몰랐던 건 아닌 것 같네. 그래, 맞아. 네가 만난 아이는, 다른 우주에서 살던 또 다른 너야. 네 인생의 어느 시점에서 갈라진, 너 자신이지. 대체 언제 갈라진 거냐고는 묻지 마. 다들 나한테 그렇게 묻는데, 어휴! 인생이란 너무도 복잡한 시뮬레이션이라서 아주 작은 변수 하나만으로도 판이하게 달라지거든. 아무튼 그냥 이렇게 딱 봐서는, 아무래도 그쪽이 너보다 고단하게 살아온 것 같네. 그 날도…… 난 그 아이가 죽는 줄만 알았어."

여자의 말에 따르면, 영두는 그 날 피투성이가 되어 편의점 안으로 갑자기 뛰어들어 혼절한 것이었다. 여자가 놀라서 구급차를 불렀지만 구급대원이 도착해서 편의점에 들어오자마자 영두는 벌떡 일어나 창고로 도망쳤고, 그대로 곧장 차원 이동 출입구로 뛰어들고 말았다는 것이었다.

여자는 그렇게 설명을 마치고는 영두를 매장 뒤편에 달린 창고로 데리고 들어갔다. 창고 안에는 바깥으로 통하는 초록색 문이 하나 있었다.

"이 문이야."

여자가 초록 문을 손으로 짚으며 말했다.

매장만큼은 아니지만 창고 안 역시 서늘한데도 영두는 땀을 비질비질 흘렸다. 여자가 괜찮다는 듯 영두의 등을 두어 번 두드리고는 초록 문을 벌컥 열었다.

그저 평범한, 어느 주택가였다.

"여기가 그럼…… 다른 차원의 우주라는 거예요?"

영두가 물었다. 이번에는 여자가 그저 고개만 끄덕였다. 영두는 발을 뒤로 슬금 끌며 다시 물었다.

"그럼 여기가…… 그…… 아이가 살던 세계인가요?"

"아니. 여기는 또 다른 어떤 우주겠지. 네가 그 아이도, 지금의 너도 아닌 다른 모습으로 살고 있는 우주일 수도 있고, 네가 일찍 죽어 버린 우주일지도 몰라. 어쩌면 아예 네가 태어나지 않은 우주일 수도 있겠지. 아주 사소한 사건으로 너는 어머니 뱃속에서 죽어 버렸을 수도 있을 테니까. 아예 잉태되지 않았을 수도 있지. 이 곳이 그 중 어떤 우주인지는 나도 몰라. 그냥 첫인상으로 보기에, 네가 살고 있는 우주와 그리 다른 우주는 아닌 것 같네. 난 심지어 인간이 직립 보행을 선택하지 않은 우주에 간 적도 있거든. 21세기가 되도록 지구는 무척이나 안녕하더라. 거기서는 동굴 끝에 차원 이동 출입구가 있었지. 아무튼 차원 이동 출입구는, 말하자면 랜덤 방식이야. 이 문을 열면 다른 우주로 나가지만 그게 어떤 우주인지는 아무도 모르지. 다만 수많은 가능성 중의 하나로 들어간다는 얘기만 할 수 있을 따름이야. 어쨌든 이 문으로 나갔다가 다시 앞문으로 들어오면 나와 만날 수 있어. 그리고 다시 뒷문을 열면 그 땐 또 다른 우주가 나오지.”

“그럼…… 그 아이……는 원래 자기가 있던 우주로 돌아갈 수 없는 건가요?”

“그 아이라…… 니가 그렇게 말하니까 좀 이상하네. 그 아이는 그냥 ‘너’거든. 다만 어느 순간 다른 조건에 놓였거나 다른 선택을 했을 뿐이지. 하긴, 아직 이런 얘기를 실감하기는 어렵겠지. 아무튼 그 아이는 돌아갈 수 있어. 이 편의점으로 와서 뒷문으로 나가면 곧장 자기 세계로 갈 수 있어. 만약 다른 우주로 가고 싶다면 자기 세계의 터미널에서 다시 뒷문을 열어야지.”

“터미널이라고요?”

“응. 여긴 다중우주들을 연결하는 터미널이야. 이 터미널을 중심으로 셀 수 없이 많은 우주들이 연결되어 있는 거지. 여긴 태풍의 눈처럼 선택과 가능성을 비켜나 존재하는 곳이야. 아무튼 일단 나가자. 덥네.”

여자가 앞장서 매장으로 나왔다. 영두도 자꾸만 초록색 문을 힐끔거리며 여자를 뒤따라 나왔다.

차가운 바람을 쐬자 머리가 좀 맑아지는 듯했다. 영두는 그제야 좀 막연하다고 생각하면서도 이렇게 물을 수 있었다.

“그럼 당신은…… 누구죠?”

“나? 글쎄, 뭐라고 하면 좋을까? 호호호…… 그래, 터미널 관리인이라고 해 두지, 뭐. 나도 어느 날 우연히 다른 우주로 가게 되면서 터미널의 비밀을 알게 되었지. 그 때부터 끝없이 우주를 떠돌았어. 예수가 십자가에 못 박히지 않고 선지자로 살아 생전에 부처만큼이나 영예를 누린 세계에 간 적도 있어. 상당히 종교적인 색채가 강한 우주였지. 어쨌든 그러다 보니 어느 순간 내게는 시간과 공간이라는 게 무의미해져 있더라고. 그래서 이렇게 터미널 관리인으로 머물게 된 거야. 참, 그런데 그 아이는 어떻게 되었니? 많이 다친 것 같았는데……. 아니, 아니, 그보다 몹시 당황하고 있을 거야. 이런 사실을 전혀 모르고 엉뚱한 우주에 떨어졌으니."

"어딘가로 사라졌어요."

"어디로?"

영두는 제 잘못이나 되는 것처럼 눈길을 떨어뜨렸다. 그 몸을 하고 병원에서 도망쳤다는 것만 알고 있을 뿐, 어디로 사라졌는지 도무지 알 수 없었다. 그러나 분명한 것은 영두가 아직 자신의 우주로 돌아가지는 않았다는 사실이었다. 영두는 문득, 영두가 몹시 걱정스러웠다.

저녁이 되어 피시방에는 점점 손님이 늘었지만 영두 주변 자리는 비어 있었다. 손님들은 슬금슬금 영두를 피했으며 아르바이트 청년은 사장이 나오면 경찰에 신고라도 해야겠다고 작정하고 있었다. 영두도 더는 버틸 수가 없었다. 시간이 흐를수록 통증이 점점 심해졌다. 가슴이 뻐개질 듯 아팠고 기침도

멎지 않았다.

영두는 결국 휴대전화를 집어 들고 다시 배터리를 끼웠다. 전원을 켜자마자 문자메시지와 부재중 전화 목록이 무더기로 쏟아졌다. 대부분 엄마라는 이름으로 온 것들이었다.

그리고 부재중 전화 알림이 끊어지자마자 '아버지'라는 이름으로 전화가 걸려 왔다. 아…… 버지? 영두는 기함을 하며 휴대전화를 떨어뜨렸다. 휴대전화는 영두의 다리 위에서 부르르 몸을 떨었고, 영두의 두 손은 그보다 더 심하게 떨렸다. 전화는 그대로 끊겼지만 이내 다시 걸려 왔다. 영두는 폭탄 처리에 나선 신참 형사처럼 조심스럽게 전화를 받았다.

"영둔겨?"

"……."

"영두여? 영두 아녀?"

십 년 전에 세상을 떠난 아버지. 그러나 목소리는 분명 아버지였다. 영두의 몸이 그렇게 말하고 있었다. 하지만 그럴 리가, 아버지라는 존재가, 살아 펄떡거리는 심장으로 다시 돌아올 리가 없었다. 그렇다면 어쩌면, 자신은 이미 죽어 버린 게 아닐까, 하고 영두는 생각했다. 그래서 아버지와 통화를 할 수 있는 것일까, 하고.

이윽고 영두는 꽉 잠긴 목소리로 대답했다.

"네."

단 한마디에 아버지는 아들의 심상찮은 상태를 눈치챈 것 같았다.

"이눔아, 너 지금 어딘겨? 대체 왜 전화를 끈 겨? 너 참말로 다친 겨? 누구한테 얻어맞은 겨? 니 엄니 시방 다 죽어 가는디 이게 다 뭔 일인 겨? 엉?"

아버지. 아버지라는 이름을 가진 사람의 목소리는 이런 것일까. 영두의 부어오른 두 눈에서 찔끔 눈물이 솟았다. 영두는 두 눈을 꾹 눌러 감고 잠시 숨을 골랐다. 붕대에서 배어 나온 피가 이제 초록 티셔츠를 검게 물들이고 있었다. 영두는 무서웠다. 설사 이미 죽어 버린 것이라고 해도, 이렇게 혼자 버려지고 싶지는 않았다.

영두는 절룩거리며 카운터로 걸어가 청년에게 피시방의 위치를 물었다. 그런 다음 아버지에게 그 사실을 전했다.

"잠시만 기둘려. 애비가 횡허니 갈 테니께, 엉?"

통화는 그렇게 끝났지만 영두는 전화기를 귀에 댄 채 얼어붙은 듯 꼼짝도 하지 않았다. 아니, 할 수가 없었다. 아버지라고? 아버지가 날 데리러 온다고? 이건, 이건 대체 뭐지?

다시 휴대전화가 진동했다. 발신번호 표시 없음. 그러나 누구인지 단박에 알 수 있었다. 영두는 전화를 받았다.

"나야."

상대방은 대뜸 그렇게 말했다.

"으응……."

영두가 대답했다.

편의점의 영두가 잠시 뜸을 들이다가 물었다.

"좀 어때? 괜찮아?"

"괜찮을 리가 있냐, 씹탱……."

그러나 욕을 잇기도 어려웠다. 영두는 격렬하게 기침을 한 바탕 쏟은 후 다시 휴대전화를 귀에 가져다 댔다.

"너, 어디야?"

영두가 물었다. 영두는 피시방, 이라고 대답했다. 영두가 더 다급해진 목소리로 물었다.

"어디, 병원 근처에 있는 피시방이야? 그럼 거기 있어. 지금 내가 갈 테니……. 내 의료보험으로 일단 치료부터 받자."

그러나 정작 피 흘리는 영두에게는 병원보다 더 절박한 문제가 있었다.

"넌 대체 누구야? 난 그럼 또 누구야? 여긴 어딘 거야?"

"그래, 당황스러울 거야. 나도 그러니까……. 있잖아, 난 너고, 넌 나야."

영두의 대답과 함께 아버지한테서 문자메시지가 왔다. 애비 지금 출발했으니까 쪼끔만 더 기다려, 라는 짧지만 간절한.

영두는 뻐개질 듯 아파 오는 가슴팍을 움켜쥐고 벽에 기대어 바닥에 스르르 주저앉으며 영두의 장황한 설명을 잘랐다.

"너희…… 아버지랑 통화했어. 그냥 너인 척했어. 이게 대체 무슨 일인지 모르겠지만…… 넌 대체 누구인지 모르겠지만…… 지금 난 상당히 좆 같은 상태라 더는 버틸 수가 없거

든. 그래서, 니 아버지인 줄 아는데 그냥 아들 행세했어. 그래
봤자 좀 이따 오면 알아채겠지. 미친놈이라고 경찰로 끌고 갈
지도 모르지. 그래도 너희 아버지……."

"아냐, 그분은 네 아버지이기도 해. 우린 다른 사람이 아니
야. 그러니까 너랑 나는 모두, 아버지의 아들이야."

영두의 거짓말 같은 목소리가 휴대전화를 타고 생생하게 전
해져 왔다.

그러나 영두는 대답할 수 없었다. 휴대전화를 귀에 댄 채 무
릎에 얼굴을 묻고 울었다. 셔츠를 통해 새어 나온 피가 청바지
를 검붉게 물들였다. 저 너머의 영두는 아무것도 모른 채, 열띤
목소리로 다중우주에 대해 설명하고 있었다. 어느 순간에 너
와 내가 갈라진 것뿐이라고, 너는 또 다른 나라고, 나는 조금
나은 길로 갔던 너일 뿐이라고. 하지만 영두는 더 이상 영두의
말을 듣지 않고 있었다. 휴대전화를 바닥에 떨어뜨리고 어린
애처럼 소리 내어 울었다.

"영두여?"

아버지가, 영두의 어깨를 짚었다. 영두는 엉망이 된 얼굴을
들어 아버지를 바라보았다.

"이눔아, 이게 무슨 꼴이여? 누가 이런 겨? 누가 내 새끼를
이렇게 줘 팬 겨? 괜찮은 겨?"

아버지, 앞머리가 훤히 벗겨지고 배가 불룩 나와 셔츠 단추
사이가 벌어진 아버지. 아버지의 손가락은 모두 무사했고, 손

가락이 무사한 아버지의 아들 영두는 저 너머에서 영두로서는
도무지 알아들을 수 없는 말을 계속 떠들어 대고 있었다. 영두
는 아버지의 품으로 풀썩 쓰러졌다.

5

　여자는, 그렇다면 여기서 며칠 머무르는 게 어떻겠느냐고
말했다. 영두는 알았다고 대답했다.
　친구인 척하고 아버지에게 전화를 걸어 보니, 영두는 처음
실려간 그 병원에 다시 입원해 있었다. 일단 영두가 치료를 받
는 게 우선이었다. 아버지는 영두의 모습만으로도 큰 충격을 받
은 상태였다. 거기다 또 다른 영두가 나타난다면 어떻게 될는
지, 상상조차 할 수 없었다. 지금 집으로 돌아갈 수는 없었다.
　여자는 영두를 편의점 2층의 작은 방으로 데리고 갔다. 철제
침대와 작은 옷장, 책상과 키 낮은 책장, 그리고 의자 하나. 창
문에 잿빛 커튼이 드리워져 있는 방은 삭막하리만큼 검소했다.
　"고마워요."
　영두가 말했다.
　"뭘, 고맙긴. 이 방은 원래 이런 용도로 마련해 둔 거야. 차
원 이동 출입구를 넘나드는 사람들에게는 가끔 이렇게 곤혹스
러운 상황이 생기게 마련이거든. 그럴 때면 여기서 잠깐 시간

을 버는 거지. 마음 편히 있어. 그런데 참, 전에 어떤 남자는 다른 우주로 갔다가 일이 엉켜서 늦게 돌아오는 바람에 그만 실직을 한 적도 있는데…… . 넌 어때? 잠시 여기서 지내도 큰 탈은 없는 거야?"

영두의 치료가 끝나려면 빨라야 2주, 어쩌면 한 달. 물론 괜찮지 않았다. 하루하루, 아니 한 시간 한 시간을 쪼개어도 늘 빠듯한 생활이었다. 그러나 지금, 다른 우주의 자신을 목격한 지금, 그런 것쯤 아무래도 좋았다.

"괜찮아요."

영두가 말했다.

"그래. 따지고 보면 이 순간에도 많은 사람들이 게스트하우스에 머물고 있어. 네 눈에는 오직 너만 이런 곳에서 빈둥거리고 있는 것처럼 보일지 모르지만, 다른 우주의 터미널에도 언제나 누군가가 이 방에서 머물고 있단다. 난 거기서도 손님에게 게스트하우스에 대해 설명하고 있겠지."

여자는 목젖이 보이도록 깔깔 웃고는 아래층으로 내려갔다.

영두는 곧장 옷을 벗고 욕실로 들어가 샤워기 앞에 서서 물을 틀었다. 물은 몹시 뜨거웠다. 그런데도 온도를 조절할 생각도 하지 않고 그냥 서 있었다. 물줄기가 머리칼을 적시고 목을 타고 내려 등으로, 배로 흘러내렸다. 영두는 벌겋게 익은 자기 몸을 더듬더듬 만졌다.

이영두, 하진 고등학교 3학년, 내신 3등급, 63킬로그램의 몸

무게, 주민등록번호, 휴대전화 번호, 주소, 그리고 또 많은 것들. 절대적인, 유일한, 오직 하나밖에 없는 자신의 모습이라고 생각한 것들.

그러나 이 모두는 그저 하나의 가능성일 뿐이었다. '나'라는 것은 수많은 선택의 조합이었다. 내게는 세포처럼 많은 모습이 공존하고 있는 것이었다.

뒷거리의 음습한 냄새가 가득 배어 있는 나, 고갯길을 오르느라 숨을 헐떡이며 살아가는 나, 또 다른 나, 수많은 나, 나, 나, 나.

영두는 몸을 닦고 욕실에서 나왔다. 마지막에 뒤집어쓴 찬물 때문에 온몸이 팽팽하게 긴장해 있었다. 머리는 맑았고 가슴은 서늘했다. 처음의 당혹감은 어느덧 사라지고 우주와 우주 사이에 놓여 있다는 현실이 또렷하게 보였다. 영두는 옷을 입고 아래층으로 내려갔다.

여자는 어디로 사라졌는지 보이지 않았다. 허름한 차림의 사내 하나가 고개를 들이박듯 한 채 사발면을 먹고 있었다. 영두는 조용히 창고로 들어가 문을 닫았다. 그러고는 더듬더듬 안쪽으로 들어가 차원 이동 출입구를 열었다.

여자와 함께 처음 문을 열었을 때 본 풍경과는 달랐다. 이번에는 주택가가 아니었다. 맞은편에는 4층 높이의 건물이 하나 있었는데, 근무시간이 끝나서인지 한 곳을 제외하고는 모두 불이 꺼져 있었다. 영두는 눈을 가느스름하게 뜨고 정문 기둥에 걸려 있는 세로 간판을 읽었다.

조선노동당 서울시 지부.

역사의 선택이 사뭇 왼쪽으로 비껴난 우주인 듯했다. 영두
는 몸을 부르르 떨며 문을 닫고 다시 매장으로 나왔다. 여자가
창고 문 앞에서 기다리고 있었다.

"왜?"

여자의 두 눈에 장난기가 반짝거렸다.

"왜 그렇게 우주를 떠돌아다니신 거예요?"

영두가 불쑥 물었다.

여자는 냉장고에 등을 기대고 천장을 지그시 바라보며 생각
에 잠겼다. 이윽고 여자가 대답했다.

"글쎄…… 일단은 내가 속한 우주가 싫었던 거지. 세상은
뭐 같았고 도무지 나아질 기미가 보이지 않았거든. 그러던 차
에 차원 이동 출입구를 발견한 거야. 그래서 완벽한 우주를 찾
아서 떠돌기 시작한 거지. 절이 싫으면 중이 떠난다는 심정이
었다고나 할까? 이제는…….."

여자가 말끝을 흐렸다. 영두는 계속하라는 눈짓을 보냈다.

"어떤 우주이든 나는 나라는 사실을 잊지 않게 되었지. 에
이, 그 기나긴 얘기를 이렇게 쉽게 할 순 없지. 정신 좀 차리고
나서, 나중에 맥주 한잔 하면서 얘기하자, 응?"

여자는 맥주 냉장고를 손톱으로 톡톡 치며 웃었다.

영두가 고개를 끄덕이고는 말했다.

"부탁이 있어요. 실은, 그 아이…… 영두를 잠시 만나 봐야 겠어요. 그래서 말인데요, 혹시 바쁘지 않으시면……."

긴 설명을 하지 않아도 여자는 영두의 뜻을 알아챘다. 편의 점 문을 잠그고 '죄송합니다'라는 팻말을 걸어 놓은 다음 둘은 인애병원으로 갔다.

4인실에 입원해 있는 영두 곁에는 어머니가 있었다. 아버지 는 잠시 자리를 비운 듯했다. 여자는 미리 계획한 대로 전화를 걸어, 영두가 다친 경위를 알고 있다며 어머니를 불러내었다.

어머니가 여자를 만나러 자리를 비운 사이에, 영두는 영두 에게 다가갔다.

"좀 괜찮냐?"

얕은 잠에 빠져 있던 영두는 영두를 보고 화들짝 놀라 눈을 떴다. 영두는 씩 웃어 보이며 보호자용 의자에 앉았다.

"놀랐지? 그럴 거야. 나도 무지 놀랐으니까……. 믿기 어려 울지 모르지만…… 아니, 나를 봤고 엄마 아빠도 봤으니까 이 제 다 믿겠지. 그래, 난 너고……."

"난 너라는 거지."

영두가 말을 받았다.

영두는 고개를 끄덕이며 말했다.

"넌 그 편의점에서 차원 이동 출입구를 통해 다른 우주로 온 거야. 어떤 선택으로 너와 내가 이렇게 달라졌는지는 모르겠 지만……."

"아버지의 손가락."

영두가 잔뜩 잠긴 목소리로 말했다. 마주 앉은 영두는 의아한 표정을 지었다. 그러자 영두가 인상을 찌푸리며 목을 가다듬고 다시 말했다.

"아버지의 손가락이 너와 나의 차이야. 내 아버지는…… 손가락 세 개가 없었거든. 그리고 벌써 십 년 전에 돌아가셨고. 그런데 네 아버지는…… 손가락 다섯 개가 다 있더라. 억세지만 튼튼한 손가락 다섯 개……. 그리고 나이를 먹었고…… 여전히 성미는 지랄 같고……. 이게 다 무슨 미친 일인지는 모르겠지만, 네 아버지는 내…… 아버지더라."

눈물이 차오르자 영두는 말을 멈추고 고개를 획 돌리며 쪽팔리게…… 라고 중얼거렸다.

영두는 흘깃 벽시계를 보았다. 여자는 어머니를 그리 오래 붙잡아 둘 수는 없을 터였다. 영두는 의자를 침대 쪽으로 조금 당겨 앉고는 조금 빨라진 말투로 얘기했다.

"난 우주라는 게, 엄청 대단한 건 줄만 알았어. 우리가 절대 어찌해 볼 수 없는, 높고 튼튼한 철벽 같은 거 말이야. 그런데 이제 보니까 아니네. 우주라는 거, 매트릭스처럼 그냥 우리를 둘러싼 허상인 거야. 우리는 그 허상에 내몰려서 살아가고 있는 거지. 너와 나의 현실이라는 것도 그래. 우린 그게 절대적이라고 생각하고 거기에 맞춰 보려고, 혹은 거기서 벗어나 보려고 아득바득…… 웃기는 일이야."

"무슨 개소리야?"

영두가 주삿바늘이 꽂힌 손으로 눈가를 슬며시 닦아내며 쏘아붙였다.

영두는 피식 웃으며 말했다.

"아무튼 난, 지금부터 여행이나 좀 다녀 보려고 해. 그러니까 넌 여기서 좀 쉬어."

영두는 고개를 획 돌리다가 통증에 이맛살을 찌푸렸다.

영두가 영두의 어깨에 손을 올리고 말했다.

"어차피 꼼짝도 할 수 없잖아. 아까 들으니까 2주는 입원해야 한다며? 그러고도 한동안 쉬어야 할 테고. 있지, 실은 나도 좀 쉬고 싶었어. 안 그래도 내가 지겹던 참이었거든."

침대 머리맡에 놓여 있던 영두의 휴대전화에 문자메시지가 도착했다. 어머니가 엘리베이터를 탔다는, 여자의 연락이었다. 문자메시지를 확인하고 영두는 황급히 의자에서 일어섰다. 휴대전화를 어찌할까 잠시 고민했지만, 이제 영두가 가려는 세계에서는 휴대전화 따위는 쓸모없는 것일 터였다. 영두는 휴대전화를 침대 머리맡에 다시 내려놓았다.

"어디로 가?"

영두가 베개에 머리를 댄 채 휴대전화를 힐끗 보며 물었다. 영두는 안녕, 하고 짤막한 인사만을 남기고 병실을 나왔다.

복도로 나오자마자 어머니가 허둥지둥 모퉁이를 도는 게 보였다. 영두는 얼른 탕비실로 몸을 숨기고 어머니의 뒷모습을 보았다. 가슴으로 싸하니, 그리움이 밀려들었다. 그러나 어머니는 영두와 영두를 모두 품을 수는 없을 터였다.

영두는 병원을 나와 여자와 함께 편의점으로 돌아왔다. 가게 문을 열자마자 손님들이 들이닥쳤다. 사발면과 삼각김밥과 담배와 캔커피와 맥주와 샌드위치와……. 사람들은 허기를 잠시나마 달래 줄 무언가를 움켜쥐고 카운터 앞에 줄을 섰다. 밤 11시 15분. 학원가에 접해 있는 편의점이 가장 붐비는 시간이었다. 영두는 그 소란스러운 우주를 등지고 창고로 들어섰다. 문을 닫자 어둠이 어머니 배 속처럼 영두를 감쌌다. 영두는 잠시 심호흡을 하고 초록색 문을 열었다.

푸른 숲이 펼쳐져 있었다. 한 번도 사람의 발길이 닿지 않은 것처럼 깊고 고요한 숲이었다.

NISSAN
NISSAN

빨간 신호등

하고 싶다, 하고 싶다, 하고 싶다…….

지난 삼 주간 내 머릿속엔 오직 이 생각뿐. 사방에서 댄스를 추는 알파벳을 있는 대로 끌어모아 보아도 기껏, I want you I need you I miss you.

"다음 주에 서울 가모 니 진짜 끝내 주는 서울 가시나 데꼬 나온다 캤다, 알제? 약속했데이?"

진태가 이층침대에서 풀쩍 뛰어내리며 또 흰소리를 해 댔다.

"Only English, You must say in English!"

이 인간은 스테판, 제주도 영어캠프 스태프 중 한 사람이다. 스테판은 삼 주 내내 저 소리를 입에 달고 다녔다. 그런다고 우리가 정말로 영어로만 대화할 거라고 믿는 건가? 그것도 마지막 날에? 물론, 진태는 스테판이 사라지자마자 가장 토속적인 한국어를 완벽하게 구사했다.

"니 쪼가리도 한번 보이도라, 어이?"

쪼가리? 나는 여행용 가방을 침대 아래 바닥에 탕 내려놓으며 진태를 쏘아보았다. 진태는 뒷머리를 긁적이며 헤벌쭉 웃어 보였다. 녀석 말로는 쪼가리가 여친의 부산 사투리란다. 하지만 녀석의 그 능글맞은 눈빛을 보건대 어째 어감이 좀 걸쩍지근하다. 캠프에 온 두 번째 날, 술김에 그 일을 털어놓고 말았을 때도 그랬다.

"그라모 그 가시나 따묵고 왔다, 이 말이가?"

따먹다니, 나는 하마터면 반 넘게 남은 맥주 캔으로 녀석 머리통을 후려갈길 뻔했다. 따먹다니, 산딸기도 아니고 풋고추도 아닌데 따먹다니? 감히 우리 시연이한테, 아니 나의 시연이한테. 나도 뭐 그리 청결한 입을 가진 건 아니지만 시연이에 대해서라면 깔끔하고도 쌈박한 단어를 골라 쓰고 싶다. 삼 주 전 그 날 이후엔 더더욱. 그런데도 맥주 캔을 날리는 대신 나도 모르게 한쪽 어깨를 비뚜름하게 추켜올리며 말했다.

"뭘 그렇게 놀라냐? 그럼 넌 여태 죽어라 딸딸이 신세냐?"

진태 녀석이 그 말에 어찌나 기함을 하고 자빠지던지. 하마터면 구구절절, 한 편의 야동을 읊을 뻔했다. 하지만 나는 그런 얘기 따위는 시시하다는 듯 어깨를 으쓱했다. 녀석은 더욱 애가 닳아서 물어 댔다. 여자들은 싫다고 앙탈을 부리면서 더 즐긴다는 게 사실이냐고. 나는 남은 맥주를 싹 비우고 빈 캔을 살짝 찌그러뜨리며 대꾸했다.

"안 돼요, 돼요, 돼요. 모르냐? 짜아식."

캬! 그럴 때 녀석이 나를 보는 그 존경 어린 눈빛이란! 솔직히 나도 겨우 딱 한 번이지만, 녀석은 나를 고수로 여기는 눈치였다. 공항 로비에서 헤어지기 직전에도 부러움이 담뿍 담긴 얼굴로 아랫도리를 앞뒤로 실룩이며 하는 말.

"삼 주 만에 서방님 돌아오싰는데 고마 넘어가지는 안 할 끼고, 오늘도 한 판……."

"죽을래?"

나는 얼른 주변을 살피며 종주먹을 들이대었다. 진태는 그래도 몸을 배배 꼬아 가며 웃어 대었다. 그렇다고 녀석을 더 타박할 수는 없었다. 말로야 화를 내고 있지만, 녀석의 말에 내 가운데는 벌써 불끈거리기 시작했으니까.

"내 간다!"

진태는 흑인 갱스터라도 되는 양 주먹으로 내 손바닥을 툭 치고는 멀어져 갔다.

그래, 가라. 제발 좀 가라. 다음 주에 서울 와서 연락하겠다니, 어림없는 소리다. 녀석의 전화를 받을 생각은 조금도 없다. 다시 볼 일 없는 녀석이라 생각하지 않았다면 그 일을 털어놓지 않았을 것이다. 시연이와 나의 특별한 관계는 우리만의 은밀한 일이 되어야 한다. 혹여 다른 애들한테 알려진다면, 으! 생각만으로도 끔찍한 일이다.

"기내에 계신 승객 여러분, 안전벨트를 착용해 주시기 바랍니다. 곧 비행기가 이륙할 예정입니다."

나는 비행기를 처음 타는 촌뜨기처럼 잽싸게 안전벨트를 매고 햇빛 차단용 덧창을 열어젖혔다. 푸른 제주도의 회색빛 공항 활주로를 따라 비행기가 서서히 움직였다. 나도 모르게 손톱을 깨물어 가며 느리게 몸을 트는 비행기 날개를 노려보았다. 달려라 좀, 응? 네가 그러고도 비행기냐? 어서 달리고 솟구치고 날아올라 봐!

무려 삼 주 동안 시연이한테는 단 세 통의 문자를 보냈을 뿐이다. 그것도 진태 핸드폰을 빌려서. 전화? 물론 공중전화로 걸어 보았다. 하지만 고객님의 사정으로 전화를 받을 수가 없다나, 뭐라나. 내 번호가 떴다면 분명 받았을 테지만, 시연이 역시 나처럼 여름방학의 고문에 시달리고 있는 탓에 낯선 번호를 씹는 것 같았다.

어쩌다 남의 핸드폰에다 공중전화까지 이용하는 신세가 되었냐고? 중학교 1학년 때부터 내리 4년째 영어로 죽을 쑤는 아들을 지켜보느라 상심에 잠긴 나머지, 엄마는 캠프로 떠나던 날 내 핸드폰을 압수하는 만행을 저질렀다.

그러나 이제, 간다.

나는 가슴을 크게 들어 한숨을 내쉬었다. 진태 녀석 말대로, 오늘 당장이라도 어쩌면……. 후유! 주책없이 또 불끈거리기는! 하지만 화끈한 우리 시연이라면, 어쩌면, 정말로 그래 줄

지도 모른다.

　먼저 손을 잡은 것도 시연이였다. 학원이 끝나고 옆 건물 지하 만화 대여점으로 내려가다 시연이가 발을 헛디뎌 휘청한 덕분이기는 했지만. 어쩌면 부러 그런 것인지도 모르겠다. 계단이 좀 가파르긴 했지만 불빛도 훤했고 정신 상태도 말짱했으니 말이다. 그로부터 이틀 뒤, 캔커피와 삼각김밥을 사 들고 학원 뒤편 아파트 놀이터 벤치에 앉았을 때도 그랬다. 은근슬쩍 어깨에 팔을 두르는 내 과감한 몸짓에도 시연이는 그저 모르는 척, 별스럽지 않은 농담에 자지러지게 웃어 댔다.

　"음료 뭘로 하시겠습니까?"

　승무원이 매끈한 미소를 지으며 물었다.

　"콜라요."

　승무원이 종이컵에 콜라를 따라 건네었다. 토도독, 탄산이 튀어 오르는 걸 보자 군침이 절로 돈다.

　바로 그 벤치에서, 시연이는 콜라를 마시고 있었다. 그런데 조금 많이 기울였던가 보다. 시연이의 윗입술에 콜라 거품이 묻었다. 시연이는 혀를 낼름 해서 윗입술을 훑었다. 아주 짧은, 타이머로 쟀다면 영 점 몇 초였을 테지만 그 순간 나에게는 달랐다. 슬로모션에다 클로즈업. 시연이의 혀가 보란 듯이 천천히 제 입술을 훑는 것만 같았다. 아니, 시연이 마음은 정말 그랬는지도 모르겠다. 내가 며칠째 제 입술만 빤히, 미칠 듯이, 환장할 듯이 보고 있다는 걸 모를 리는 없었을 테니까. 나는 그대로 시연이의 입술을 덮쳤다. 시연이는 콜라 캔을 든 오른팔을 어정쩡하게 옆으로 펼친 채, 내 입술을 받아들였다. 그리고 두 번째로 키스를 할 때는 시연이의 작은 두 손이 내 어깨를 살며시 짚었다. 땀이 밴 티셔츠 위로 느껴지던 그 폭신한 손바닥의 감촉! 경비 아저씨가 등장하지 않았다면 그 여름밤, 우리를 멈추게 할 수 있는 건 아무것도 없었다.

"난 엄마가 데리러 왔다는데, 넌?"

비행기 옆자리에 앉았던 녀석이 공항 청사를 나서며 물었다. 나는 씩 웃으며 버스정류장을 가리켰다. 녀석은 좀 머쓱한 얼굴로 손을 흔들고는 주차장으로 향했다. 고등학교 1학년이나 되어서 엄마의 픽업이라니, 언제나 노 땡큐라고 부르짖어 온 나다. 그렇지만 오늘만은 예외로 했어도 좋지 않았을까.

에어컨 바람을 벗어나는 순간 비지땀이 흐르는 거야 제주도에서도 그랬다. 그러나 같은 더위라도 이건 차원이 다르다. 같은 교복을 입고 있어도 우리 시연이는 어딘가 다른 것처럼 말이다. 서울의 태양은 퀴퀴한 땀 냄새 가득한 좁은 방에 갇힌 것처럼 짜증스럽다. 대체 이 여름내, 시연이와 나는 어쩌란 말인가. 배스킨라빈스나 맥도날드? 거기서 뭘 할 수 있단 말인가. 그렇다면 피시방? 기껏해야 손이나 만지작거리고 남의 눈을 피해 살짝 입이나 맞추겠지. 빌어먹을, 대한민국의 고딩은 대체 어디서 연애를 하란 말인가? 천지에 널린 모텔은 노친네들을 위한 것인 모양인데, 가정 있는 작자들은 맘껏 즐기고 자유

로운 청춘들은 허벅지를 찔러야 한다? 그야말로 불공평한 세
상이다.

삼 주 전 그 날도, 재우네 부모님이 결혼 20주년 여행을 떠
나 준 덕분에 뜻밖의 기회를 잡은 것이었다.

잔 받아라.

엉덩이를 붙이기도 전에 재우가 소주잔을 내밀었다. 녀석들
은 벌써 조금 얼근해져 있었다. 에어컨이 요란하게 으르렁대
고 있었지만 달아오른 얼굴들을 식히기엔 역부족이었다. 재우
한테 비스듬히 기대앉은 하은이 얼굴도 꽤 발그레했다. 나는
소주잔을 단숨에 비우고 시연이를 바라보았다. 시연이도 단짝
인 강지나랑 나란히 앉아 하은이가 건네는 잔을 홀짝이고 있
었다. 소주라면 질색을 하면서도 권하는 걸 대놓고 밀어내지
는 않는다. 술도 약하면서 들입다 원샷부터 하고 있는 주책바
가지 강지나랑은, 정말로 다르다. 적당히 분위기를 맞추면서
새침을 떨 줄 아는 저 센스!

너 의처증 아니야?

하은이가 그렇게 새된 소리를 지른 것은 시연이가 야금야금
첫 잔을 거의 다 비웠을 때였다. 재우도 지지 않고 무어라 고함
을 쳤고, 하은이는 잔을 던지듯 내려놓고 울먹이며 나가 버렸
다. 그리고 고맙게도, 강지나가 하은이의 이름을 부르며 따라
나섰다. 시연이도 엉거주춤 엉덩이를 뗐지만 내가 옷소매를
슬멋 잡아당기며 조그맣게 말했다.

가지 마.

그래도.

나 내일 제주도 가면 삼 주 동안 못 만나는데.

나는 애들 눈치를 힐금 살피며 얼른 그렇게 속삭였다. 좀 닭 살스러운 소리였지만 아무튼 그 소리에 시연이는 다시 자리를 잡고 앉았다. 그러다 한 삼십 분이나 더 지났을까? 재우 녀석 이 하은이한테 가 봐야겠다며 안절부절못하더니 결국 꼬리를 내리고 나가 버렸다. 그리고 다른 녀석들도 과외가 있다는 둥, 엄마한테 전화가 왔다는 둥 하며 하나둘 자리를 떴다.

니네는 안 가냐?

마지막으로 나가던 녀석이 물었다.

재우 오는 거 보고 가야지.

나는 너저분한 쓰레기들을 비닐봉지에 주섬주섬 담으며 말 했다.

그리고 마침내 우리 둘만 남게 된 시간. 나는 시연이가 손을 씻으러 들어간 사이에 잽싸게 재우한테 전화를 걸었다. 엄마 는 내게 순발력이 떨어진다고 핀잔을 주곤 하지만 그 순간의 나는 달랐다. 가슴이 터질 듯 벌렁거리고 아랫도리가 후들거 렸지만 이 상황이 무얼 뜻하는지는 단박에 깨달았다. 천우신 조라고 하던가? 드디어 기회가 온 것이다. 내게도, 아니 우리 에게도.

재우 올 때까지 기다릴 거야?

시연이가 손끝의 물을 탈탈 털며 물었다. 앞 머리칼도 축촉하게 젖어 있었다. 그리고 한 방울 톡! 물방울이 시연이의 봉긋한 가슴에 떨어졌다. 이러다 재우가 갑자기 들이닥치면 어쩌지…… 고민을 했던 듯도 싶다. 하지만 성미 급한 백미터 달리기 주자처럼 내 몸은 생각을 성큼 앞질러 버렸다. 시연이를 와락 끌어안고 벽으로 밀어붙이며 우리의 다섯 번째 키스의 포문을 열었다. 그리고 이내 내 오른손이 시연이의 민소매 블라우스 안을 파고들었다. 아! 뜨거움에 손이 녹아내릴 것 같았다. 아니, 온몸이 그리고 정신까지 온통. 어쩌면 정말 그랬는지도 모르겠다. 그 뒤의 상황에 대해 내게 남은 기억이라고는, 발밑이 아찔한 그 느낌밖에 없으니까.

그리고 어쩌면 오늘, 또 한 번의 기회가 온 것인지도 모르겠다. 집에 돌아오자 나를 기다리는 엄마의 반가운 쪽지.

아들, 미안해. 급한 일이 생겼어. 돌아오는 대로 전화해.

나는 삼 주 만에 만난 핸드폰에 키스를 날리고 엄마한테 전화를 걸었다. 아마도 밤 아홉 시는 넘어야 돌아올 것 같다는 어머님의 고마운 말씀. 게다가 은혜로운 아버님도 늦으실 거라고? 전화를 끊자마자 물론, 당연히, 단축번호 0번을 눌렀다. 삼 주 동안 모아 둔 빨래가 그득한 배낭이 어깨를 짓누르고 있다는 사실마저 느끼지 못한 채.

아무도 내 맘을 모르죠. I can't stop love love love.

  섹시한 컬러링을 듣자 입 안이 더욱 바싹 말랐다. 그러나 시연이는 전화를 받지 않았다. 이제 겨우 두 시. 아직 학원에 있는 건가?

  오라버니 돌아왔다. 얼른 전화해라.

  문자를 보내자마자 배낭을 거실에 팽개치고 샤워부터 시작했다. 온몸을 두드리는 차가운 물줄기에도 꿋꿋한 녀석! 지난번에는 처음이라 뭐가 뭔지도 모르고 끝나 버렸다. 게다가 재우 녀석이 들이닥치는 바람에 허겁지겁 빠져나오느라 제대로 인사도 하지 못했다. 오늘은 그러지 않을 셈이다. 내 방 내 침대에서 제대로 한 번……. 번개처럼 클래식하게 끝내지 않고, 동영상 강의로 배우고 익힌 다양한……. 으, 미치겠다! 생각만으로도 죽여 준다. 시연아, 어서 와라. 이번에야말로 오라버니가 제대로 보내 주마!
  나는 뭐 마려운 강아지처럼 집 안을 오락가락하며 에어컨을 틀어 온도를 맞추기도 하고 멀쩡한 침대 시트를 다시 매만지기도 하고 적당한 음악을 골라 윈엠프에 걸어 놓기도 하고…… 그러면서 틈틈이 시연이한테 전화를 걸었다. 하지만 들려오는 것은 오직 에픽하이의 「Love Love Love」.

"아들, 잘 갔다 왔어?"

엄마가 돌아왔다. 나를 위해 서둘렀다며 오후 여섯 시를 조금 넘겨서. 그런데도 나는 그 사실이 그다지 아쉽지 않았다. 네 시간 동안 정확히 스물한 번 전화를 걸고 여덟 통의 문자를 보냈지만 시연이는 전화를 받지도, 답장을 보내지도 않았다.

제주도에서 돌아온 지도 벌써 삼 일째. 나는 시연이 코빼기도 보지 못했다. 코빼기가 다 무언가? 목소리 한 번 들은 적이 없고, 문자 한 통 받은 적이 없다. 싸이에 글을 남겨도 묵묵부답, 메신저에서도 나를 차단해 버렸다. 정말로 돌아 버리겠다. 내가 시연이 소식조차 모른 채 혼자 몸이 달았다는 걸 들키고 싶지는 않지만, 더는 어쩔 도리가 없었다.

나는 학원 복도에서 우연을 가장하며 지나한테 다가갔다. 밉살스런 말투를 생각하면 한마디도 섞고 싶지 않지만 시연이와 단짝이니 별수 없는 일. 정수기 옆에 매달린 종이컵을 꺼내며 지나한테 슬쩍 물었다.

"시연이 오늘도 학원 안 왔냐?"

"걔, 학원 옮겼는데. 몰랐냐?"

지나의 눈동자가 호기심으로 빛났지만 포기할 수는 없었다. 넘치기 직전인 물을 후룩, 한 모금 빨아들이고는 다시 물었다.

"너 시연이 집 전화번호 알지? 나 좀 가르쳐 주라."

"왜? 핸드폰으로 하면 되잖아."

"글쎄, 통화하기가 어렵네. 학원 수업도 있고 뭐…… 서로 시간이 잘 안 맞으니까……. 집 전화번호 알지?"

"이상하네? 난 좀 전에도 통화했는데."

지나가 내 벌건 얼굴을 빤히 쳐다보며 말했다.

나는 지나의 밉살맞은 호기심과 마지막 시간을 남겨 둔 채 그대로 학원에서 튀어나왔다.

대체…… 왜?

우리 사이에는 아무런 문제도 없었다. 첫눈에 필이 왔고 손을 잡고 키스를 하고 끝까지 달리고…… 모든 게 좋았다. 완벽했다. 그런데 왜? 아무래도 시연이는 뭔가 단단히 틀어진 것 같다. 예감과 상황이 그렇게 돌아가고 있다. 하지만 그럴 이유가 없는데.

혹…… 시?

그새 다른 놈이 생긴 건가? 아니, 그럴 리가 없다. 절대로, 그럴 리가 없다. 그렇다면…… 설마? 수행평가 때문에 읽은 그 소설, '이름 없는 나에게'던가 '너에게'던가……. 여자애는 임신을 하고…… 그러자 남자애를 멀리하고……. 물론 그 날 피임을 하지는 못했다. 갑작스런 상황이었던 데다가, 미리 예상을 했대도 차마 가게에 들어가서 콘돔을 살 수는 없었을 것이다. 이론으로야 많이도 들었지만 막상 그 상황에서 질외사정이니 뭐니, 어떻게 그런 생각을 할 수 있단 말인가. 어차피 생각 자체가 완전히 사라지고 없었는데. 어쨌거나 그럴 리가 없다. 임신이라니, 말도 안 된다. 하지만 혹시…….

끼이이익—

"야, 이 새끼! 너 뒤지고 싶어?"

나는 화들짝 주변을 둘러보았다. 오토바이가 드러누워 허공에 대고 세차게 바퀴를 돌리고 있다. 바로 그 옆에 널브러진 철가방과 인상 더러운 녀석 하나. 그리고 신호등이 빨간 눈을 부릅뜨고 나를 노려보고 있다. 어느새 신호가 바뀐 걸까? 어쨌거나 나는 냅다 뛰기 시작했다. 녀석의 욕설이 따라붙었지만 무작정 달렸다. 그리고 시연이네 집 앞 골목 모퉁이를 앞두고서야 겨우 뒤를 돌아보았다. 녀석은 일찌감치 떨어져 나간 모양이다.

휴! 안도의 한숨을 쉬는 순간 꼬르륵, 하고 주책을 부리는 개념 없는 내 뱃속. 나는 시연이네 집 맞은편 편의점으로 들어가 사발면과 삼각김밥을 사서 파란색 간이 탁자에 자리를 잡았다. 시원한 물냉면에 사리 추가라면 더욱 좋겠지만, 아무려면 어떤가. 비닐을 벗겨내고 젓가락질을 하면서도 시연이네 대문만 뚫어져라 쳐다보고 있는 신세인데.

그렇게 얼렁뚱땅 점심을 때우고 하드 두 개에 콜라 한 캔을 먹어치울 때까지 시연이는 나타나지 않았다. 그러다 두 개째의 막대사탕이 콩알만큼 줄어들었을 때, 시연이가 골목 모퉁이를 돌아 모습을 드러내었다.

무릎 길이의 몸에 붙는 반바지에 허리춤 바로 위까지 오는 깡뚱한 느낌의 노란 티셔츠. 시연이의 날렵한 걸음걸이를 보자 끓어올랐던 화가 단숨에 녹아내린다. 당장에 달려가 와락 껴안아 버리면, 그래 버리면 이 모든 일이 한바탕 해프닝으로 끝날 것 같은데. 나는 막대사탕을 바닥에 던지며 시연이 앞으로 불쑥 나섰다.

"김시연!"

시연이는 주춤 뒤로 한 발 물러섰다. 마치 못 볼 걸 보기라도 한 것처럼. 그러더니 내가 무어라 더 말을 꺼내기도 전에 도망치듯 대문 쪽으로 몸을 돌렸다. 어이가 없어 발이 딱 붙어 버리는 것 같지만 나는 얼른 정신을 차렸다. 한달음에 달려가 시연이의 팔을 와락 붙잡았다.

"놔아!"

시연이가 내 손을 뿌리치며 소리쳤다. 그 목소리가 어찌나 앙칼진지 나도 모르게 손을 놓고 말았다. 그러나 시연이가 대문으로 손을 뻗는 순간, 다시 시연이의 팔을 움켜쥐었다.

"놓으라고!"

"너 왜 그래, 대체?"

내가 바싹 다가서며 물었다. 시연이는 입술을 꼭 깨문 채 가슴을 들먹이며 내 손을 노려보기만 했다.

"야, 너 대체 왜 이러는데, 엉?"

나도 모르게 언성이 높아졌다. 참는 데도 한계가 있다. 대체 내가 왜 이런 취급을 받아야 한단 말인가. 아무런 이유도 모른 채, 아니 아무 이유도 없이. 하도 어이가 없다 보니 말 같지도 않은 질문이 내 입에서 절로 흘러나왔다.

"너 혹시 딴 놈 생겼냐?"

"뭐?"

"그게 아니면…… 임신이라도 한 거냐?"

"너 미친 거 아니야?"

시연이가 욕지거리를 내뱉듯 소리치며 팔을 거세게 흔들었다. 나는 손아귀에 더욱 힘을 주었다. 그러자 시연이가 갑자기 비명처럼 소리를 질렀다.

"엄마! 엄마!"

더 버틸 재간이 없었다. 나는 시연이를 놓아주며 달래듯, 아니 애원하듯 물었다.

"야, 김시연. 너 대체 왜 그래? 내가 뭘……."

하지만 시연이는 대문 안으로 모습을 감추었고, 철커덩 하고 빗장을 지르는 소리가 들렸다.

있겠죠 이별해 본 적 사랑했던 만큼 미워해 본 적 읽지도 못할 편지 찢어 본 적 잊지도 못할 전화번호 지워 본 적…….

집에 돌아와 에픽하이의 「Love Love Love」를 되풀이해 들었다. 마치 그 속에 시연이의 메시지가 담겨 있기라도 한 것처럼. 그래 봤자 물론 노래 속에 대답 따위는 없었고 생각할수록 화가 치밀었다. 그러면서도 나는 내내 시연이를 생각하고 있었다. 좀 더 구체적으로 말하자면 내 몸은 시연이의 기억을 끊임없이 재생하고 있었다. 내가 시연이를 정말 이렇게 좋아하고 있었나? 새삼 그런 질문이 머릿속을 빙빙 돌았다. 시연이를 좋아해서 시연이와 잔 걸까, 시연이와 자서 시연이를 좋아하게 된 걸까? 온갖 쓸데없는 생각만 갈수록 끓어올랐다. 아무튼 그런가 보다 하고 물러날 수가 없었다. 그것도 이렇게 한마디 변명도 듣지 못한 채로는.

나는 엠피스리 플레이어를 목에 걸고 방을 나섰다.

"어디 가니?"

아홉 시 뉴스를 보고 있던 엄마의 어쩐지 좀 꼬장꼬장한 질문.

"잠깐 바람 좀 쐬고 오려고."

대답을 건네며 힐긋 텔레비전을 보았다. 십대 성폭행이 어쩌니 저쩌니, 어느 도시에서인가 추잡한 놈들이 같은 학교 후배 여자애를 어쨌대나 저쨌대나……. 저런 뉴스를 보면서 나를 꼬나보는 엄마 머릿속엔 대체 뭐가 들어 있을까? 나는 일찍 들어오라는 엄마 말에 대꾸도 없이 현관문을 쾅 닫았다.

그리고 시연이네 집 앞에 도착해서 문자를 보냈다.

지금 좀 나와.

예상대로, 대답이 없었다. 다시 문자를 보냈다.

　안 나오면 너희 집 초인종 누르고 들어갈 거니까, 얼른 나와. 장난 아니야.

시연이네 집 초인종을 누를 배짱 따위, 물론 내게는 없다. 하지만 이 정도 의지는 보여 줘야 시연이 마음이 움직일 것 같다. 자고로 여자는, 강하게 밀어붙이는 남자한테 넘어오게 마련이라고들 하니까. 왜, 열 번 찍어 안 넘어가는 나무 없다고들 하지 않는가. 나는 편의점 앞 인도에 걸터앉아 차가운 캔커피를 홀짝거리기 시작했다.

그러다 캔에 맺힌 물방울이 미적지근해졌다 싶을 무렵, 대문이 열렸다. 시연이가 아니었다. 시연이 엄마인 듯한 아주머니가 주변을 두리번거렸다. 후다닥, 나도 모르게 편의점 안으로 몸을 숨겼다. 휴우! 정말이지 십년감수한 기분이다. 아니, 가만, 대체 내가 무슨 죄를 지었다고 이러는 거지? 새삼 부아가 치민다. 나는 발길에 걸리는 것들을 죄 걷어차 가며 집으로 돌아왔다.

제주도에서 돌아온 지도 벌써 일주일, 이제 사흘 뒤면 개학이다. 빌어먹을, 내 여름방학이 이렇게 구린 결말을 맞게 될 줄은 정말 몰랐다. 이제 시연이도 지겹다. 전화에 문자에 이메일에…… 학원 앞 대기에다 집 앞 골목 잠복까지. 안 해 본 것 빼고는 다 해 보았지만 시연이는 요지부동이다. 나한테 눈길 한 번 주지 않는다. 참다 못해 오늘은 학원 앞에서 길을 막아섰더니 가방으로 내 얼굴을 후려쳤다. 아직도 콧등이 얼얼할 정도다. 그래 놓고 도리어 지가 바닥에 털썩 주저앉으면서 울음을 터트리는 건 또 뭐란 말인가. 지나가던 아이들이 모두 나를 힐끗힐끗, 완전히 또라이 쳐다보는 눈길이었다.

한 자존심 한다고 자부해 마지않는 나 현종원이다. 싫다는 여자애 치마꼬리 붙들고 늘어질 생각은 조금도 없다. 까짓 세상에 여자가 저 하나뿐인 것도 아니고, 그래, 깨끗이 너를 차 주마. 하지만 현종원, 너 정말 그럴 수 있어?

그렇게 우거지상을 하고 집에 들어서는 순간, 이건 또 무슨 날벼락? 엄마가 내 등짝을 냅다 후려치며 고함을 쳤다.

"이 미친놈아!"

"왜 이래?"

"내가 너 그렇게 가르치던? 이게 무슨 짓이야? 너 미쳤어? 너 돌았어?"

"왜 이러는 건데!"

"너, 김시연이한테 무슨 짓 했어?"

김시연? 바로 그 시연이? 나는 주춤, 한 발 뒤로 물러섰다. 엄마가 확인 사살이라도 하듯 나를 노려보며 소리쳤다.

“네가 걔…… 건드렸다면서!”

엄마는 제 풀에 얼굴이 빨갛게 달아올랐다. 그래도 나만큼은 아니겠지. 엄마 입에서 이런 소리가 나오다니…….

“종원이, 아빠 좀 보자.”

안방에서 아빠 목소리가 들려왔다. 심지어 아빠까지? 이건 최악이라는 말로도 설명이 안 되는 상황이다.

“안 들어와?”

아빠의 불호령이 떨어졌다. 마음 같아서야 도망이라도 치고만 싶지만 충격으로 그럴 기운마저 잃은 듯, 나는 얌전히 안방으로 들어가서 아빠 맞은편에 무릎을 꿇고 앉았다.

“사실이냐?”

“네?”

“네가 시연이라는 여자애를 억지로 그랬다는 게 사실이냐고!”

“그런 거 아니에요!”

나도 모르게 버럭 고함쳤다. 억지로 그랬다니, 이거야말로 무슨 억지소리인가 말이다.

아빠는 속까지 꿰뚫어 보기라도 할 듯한 눈길로 다시 물었다.

“그래, 그렇다면 네 얘기도 한번 들어 보자. 대체 어떻게 된 거야?”

아, 어디서부터 설명하면 좋을까. 차마 입이 떨어지지 않았다. 하지만 아빠는 남자가 그럴 수도 있다는 말로 나를 북돋아

주었다. 나는 시연이와 처음 만난 날부터 한 달 전 그 날까지 있었던 일을 설명했다. 내 이야기가 끝나자 이번엔 아빠가 자초지종을 얘기했다. 시연이 엄마가 오늘 낮에 우리 집에 다녀갔다는 것이었다. 내가 시연이를 성폭행했고, 그 뒤로도 계속 스토킹하고 있다고.

"그런 거 아니에요, 말도 안 돼요."

"이 미친놈아!"

엄마가 뛰어 들어와 다시 내 등짝을 마구 때렸다. 나는 그래도 동네북을 자청하며 꼼짝도 하지 않았다. 아니, 할 수 없었다. 어쨌거나 엄마 아빠 앞에서야 내가 무슨 염치가 있겠는가.

그래도 아빠가 엄마를 말려 주었다.

"진정 좀 해. 왜 이래!"

"지금 진정하게 생겼어? 이 정신 빠진 놈아, 남의 집 귀한 딸한테 그게 무슨 짓이니!"

"얘가 아니라잖아!"

아빠가 단호하게 소리쳤다. 엄마는 그 말에 반쯤 설복이 된 것 같았다. 내 어깨를 움켜쥐고 이렇게 물었다.

"정말이야? 시연이 엄마 말로는 시연이가 싫다고, 하지 말라고 그랬는데도 네가 강제로…… 그랬다며?"

"…… 그런 거 아니야."

"확실해?"

"그렇다니까!"

내가 신경질적으로 소리쳤다.

아빠가 내 말끝을 받아 이었다.

"애만 탓할 일이 아니잖아! 여자애가 그쯤 받아 주고 술까지 마시고 단둘이 집 안에 그러고 있었을 때는, 저도 마음이 있었다는 얘기잖아. 한창 혈기 왕성한 사내놈이 그럼, 넘어가지 안 넘어가겠어? 그래 놓고 이제 와서 당했느니 뭐니……. 이게 뭐 하자는 거야!"

아빠의 분노는 이제 나를 향해 있지 않았다. 엄마는 내게로 향하던 눈길을 아빠에게 돌리며 쏘아붙였다.

"당신 지금, 그걸 말이라고 하는 거야? 술 마신 거랑 강…… 그거랑 무슨 상관이야?"

"당신, 지금 누구 편을 드는 거야? 그리고 내 말이 틀렸어? 기집애가 벌써부터 남자애랑 술이나 마시고 다니고……. 그게 지가 작정을 하고 덤빈 거지 뭐야!"

"진짜…… 상대를 못하겠다. 당신이 그러니까 애가 그런 소리나 듣고 다니는 거야."

"뭐야! 그게 엄마라는 사람이 할 소리야? 아들을 감싸 주지는 못할망정 뭐가 어째?"

나 때문에 엄마 아빠가 싸우는 거야 하루 이틀 일이 아니다. 내 문제는 할머니에 이어 두 번째 단골 메뉴다. 그러나 내가 여자애랑 같이 잤느니 안 잤느니, 강간을 했느니 안 했느니……. 정말이지 죽을 맛이다. 보통 때라면 슬그머니 내 방으로 들어가 문 잠그고 틀어박힐 테지만 그럴 수도 없다. 아니나 다를까 화살은 금세 또 나를 겨냥했다.

"아무튼 종원이 너, 일단 좀 피해 있어. 그쪽은 딸 가진 처지라 무턱대고 네 탓을 하려는 모양이니까……. 그래, 이모네로 일단 좀 가 있어."

아빠가 말했다.

그러자 엄마가 다시 발끈하며 소리쳤다.

"당신 지금 그게 무슨 소리야? 무턱대고 피한다고 될 일이 아니잖아!"

나 역시, 도망치고 싶은 생각 따위는 없다.

"싫어요, 내가 왜 그래야 돼요? 나, 그런 짓 안 했어요. 그런 거 아니라구요."

"가라면 가! 그 아줌마 금방 다시 온다고 했어. 네가 지금 이렇게 고집 피우고 있을 때가 아니야! 아빠 말 들어!"

"당신 정말 왜 이래!"

아빠와 엄마의 고함 소리가 날카롭게 맞부딪혔다.

그 순간 현관 벨이 기세 좋게 집 안을 흔들었다.

"어떡해! 시연이 엄만가 봐!"

엄마가 와락 나를 감싸듯 안으며 말했다. 아빠는 침착하라고, 나더러 집에 있는 티를 내지 말라고 하고는 안방을 나섰다.

곧 낯선 목소리가 카랑카랑하게 집 안을 울렸다.

"집에 온 거 다 알고 왔어요. 이것 보세요, 같이 자식 키우는 처지에 이러시면 안 되죠. 경찰서로 가기 전에 이리로 먼저 온 건, 일단 애를 만나 보려고 그런 거예요. 우리 시연이 아빠가 왔다가는 애 잡겠다 싶어서 나 혼자 온 거라구요. 그런데 이런 식으로 애를 빼돌려요?"

아빠 목소리도 낮지만 격했다.

"뭐요, 경찰서요? 거, 말이 너무 지나친 거 아닙니까? 잘 알 아보지도 않고 그 집 애 얘기만 듣고서……. 내가 딸 가진 부 모 심정 생각해서 이렇게까지 말은 안 하려고 했는데, 나도 할 말은 해야겠습니다. 솔직히 우리 종원이가 댁의 딸을 패기를 했습니까, 납치를 했습니까? 안 할 말로 지가 정히 싫었으면 그냥 멀쩡하게 당하고만 있었겠어요? 남자애랑 단둘이, 그것 도 남의 빈 집에서 술까지 마시고……. 솔직히 아주머니도 이 렇게 큰소리만 칠 입장은 아니잖아요? 이게 뭐, 남자애 혼자 조심한다고 될 일도 아니고 말이지……."

"뭐예요?"

"아무튼 그만 합시다. 아직 어린 애들이 이런 일로 이러쿵저 러쿵…… 이거 피차간에 얼마나 민망한 일이에요? 우리도 단 단히 혼쭐을 냈으니까, 그쪽도 딸내미한테 따끔하게 이야기를 하세요."

"뭐, 당신 말 다 했어?"

시연이 엄마가 짐승처럼 울부짖었다.

"일 나겠다, 일 나겠어."

들다 못한 엄마까지 거실로 나갔다. 이내 엄마의 나지막한 목소리가 들려왔다. 무슨 소리인지는 모르겠지만 시연이 엄마를 진정시키려는 듯했다. 그러다 잠시 후 엄마가 다시 안방 문을 열고 내게 말했다.

"현종원, 나와 봐."

나도 모르게 움찔, 뒤로 조금 물러나 앉았다. 침대 모서리가 등을 찔렀다. 어차피 더 물러날 곳도 없다. 나는 결국, 거실로 나가 시연이 엄마와 마주 섰다.

"너, 말해 봐. 우리 시연이가 싫다고 했니, 안 했니?"

시연이 엄마가 떨리는 목소리로, 내 얼굴을 똑바로 바라보며 물었다.

"억지로…… 그런 거 아니에요."

"묻는 말에 대답해. 시연이가 싫다고 했어, 안 했어?"

"…… 그게 아니라……."

"시끄러. 딴소리하지 말고 내 말에 대답해. 내 얼굴 똑바로 보고 말해 봐. 우리 시연이가 싫다고 했어, 안 했어?"

"그만 하세요. 안 그랬다잖아요. 애가 민망해서 고개도 못 드는 걸 왜 자꾸 그러십니까?"

아빠가 말했다.

"뭐예요? 그럼 우리 딸은요? 누구한테 말도 못하고 걔가 얼마나 앓았는지 알아요? 그런 애를 죽자고 쫓아다니면서 더 괴롭히고……. 우리 애는 겁에 질려서 자다가도 벌떡벌떡 일어나요. 애가 바싹바싹 말라 간다고요. 그렇게 참다 참다 이제야 나한테 털어놓은 거라구요! 그런데 뭐, 민망해서 어쩐다고요?"

"그게 왜 우리 애 탓이라는 겁니까!"

"뭐가 어째요? 됐어요, 애한테 물어봐요. 그러면 되잖아요? 양심이 있으면 바른말을 하겠죠. 애, 고개 좀 들고 아줌마 좀 봐. 어서!"

나는 고개를 들어 시연이 엄마를 바라보았다. 시연이와 똑같은, 쌍꺼풀이 있는데도 자그마한 눈이다. 그 눈이 그렁그렁 눈물을 담은 채로 내게 다시 물었다.

"우리 시연이가 싫다고 했니, 안 했니?"

그렇게 묻는다면, 끝내 그렇게 묻는다면…… 싫어, 이건 싫어, 그만 해, 시연이가 그렇게 말한 것은 사실이다. 하지만…….

시연이 엄마가 내 어깨를 와락 부여잡았다.

"어서 말해 봐. 시연이가 싫다고 했니, 안 했니?"

엄마가 시연이 엄마의 손을 떼어 내며 애원했다.

"진정하세요, 네? 이렇게 윽박지르신다고 되는 게 아니잖아요."

"넌 방에 들어가 있어."

아빠가 말했다. 시연이 엄마는 나를 붙잡으려고 했지만 아빠가 막아섰다.

나는 방으로 들어와 문을 잠그고 침대 구석에 쪼그리고 앉왔다. 귀를 틀어막았지만 시연이 엄마 목소리가 고스란히 들려왔다. 아빠가 무어라 고함치는 소리가 귓속을 왕왕 울렸다. 나는 무릎 사이로 더 깊이 고개를 들이박았다.

그러다 시간이 얼마나 흘렀을까. 누군가 내 방문을 두드려 댔다.

"종원아."

문밖에서 엄마 목소리가 들렸다.

"엄마는 시연이 엄마랑 밖에 나가서 얘기 좀 하고 올게. 아빠도 나갔어. 바람 좀 쐬고 진정되면 들어오겠지. 너…… 엄만 네 편이야, 알지?"

엄마 목소리가 떨렸다. 엄마 심장은 더 거세게 떨리고 있겠지. 현관문이 쾅 하고 닫히자 내 방 창문까지 부르르 몸서리를 쳤다.

이내 무섭도록 고요해진 방 안에 시연이 엄마 목소리가 익사한 시체처럼 떠올랐다.

우리 시연이가 싫다고 했니, 안 했니?

그래, 그렇게 묻는다면, 그렇다면…… 블라우스 단추를 다급히 풀다가 그만 단추 하나가 떨어져 나갔다. 하지만 그거야 너무 뜨거웠던 탓일 뿐이다. 심지어 단추가 나뒹구는 모습에 더욱 후끈해졌는데. 치마를 걷어 올리고 팬티를 벗겨 내릴 때 시연이가 팬티를 부여잡았던 것도 사실이다. 그래도 내가 두어 번 당기자 그냥 놓았다. 분명 그랬다. 마지막 순간에도 시연이는 몸을 틀었지만 그것도 잠시뿐이었다. 수없이 본 야동과 우리 사이를 떠도는 성교육을 돌이켜 보건대, 그건 처음으로 섹스를 할 때 여자들의 흔한 제스처일 뿐이었다. 분명 그랬다. 그러다 좀 익숙해지면 남자보다 더 밝히는 게 여자다. 분명 그렇다고 알고 있다. 그렇게 들어 왔다. 그런데 설마, 진짜 싫었다고? 싫다는 그 말이 진심이었다고?

지이잉—.

핸드폰이 책상 위에서 몸을 틀었다. 나는 앉은 채 한껏 팔을 뻗어 핸드폰을 집어 들었다. 정말이지 재우다운 문자메시지.

야, 죽이는 거 하나 구했다. 메신저 들어와라. 바로 쏴 줄 테니. 역시, 신음 소리는 일본 여자들이 제대로다.

나는 핸드폰을 침대에 내던졌다. 통, 통 두 번 튀어 오른다 싶더니 매트리스에 닿자마자 다시 지이잉— 지이이잉—. 아예 배터리를 빼 버릴 작정으로 핸드폰을 집어 들었다. 그게 아니면 아예 벽에 대고 던져 박살을 내 버리거나. 그런데 액정에 찍힌 이름이 재우가 아니다.

우리 시연이.

시연이? 나도 모르게 벌떡 일어났다. 내가 아는 바로 그 시연이? 아니면 전혀 모르는 다른 시연이? 나는 핸드폰을 움켜쥐고 좁은 방안을 빙글빙글 돌다가 끊어지기 직전에야 겨우 전화를 받았다.

— 내 말 잘 들어.

시연이가 대뜸 쏘아붙였다. 씩씩 숨을 몰아쉬며 떨리는 목소리로 말을 이었다.

— 우리 아빠가 너 경찰에 신고한대. 나도 마음 같으면 너 같은 놈 감옥에 처넣고 싶어. 그렇지만…… 경찰이라니…… 생각만으로도 쪽팔려서 죽을 것 같아. 분하지만 그건 도저히 못하겠어. 엄마한테 말할 때도 죽고 싶었는데 다른 사람한테 그 일을……. 네 얼굴 다시 봐야 된다는 건 더 끔찍해. 소름 끼쳐.

— 시연…….

— 닥쳐. 두 번 다시 나한테 전화하지 마. 내 눈 앞에 나타나지도 마. 아니, 나라는 사람을 네 머릿속에서 지워. 알았어? 그렇게 약속하면 내가 목을 매서라도 우리 아빠 말려 볼 거야. 내 말 알아듣겠어?

— 그런 거 아니잖아. 우리 좋았잖아. 근데…… 왜…….

— 너, 미친 거 아냐? 싫다고, 그만 하라고 그렇게 말했잖아. 사정했잖아. 그 날 너, 얼마나 무서웠는지 알아? 내가 얼마나 아팠는지 알아?

시연이 말끝이 울음으로 흔들린다. 끊어질 듯 이어지는 울음소리가 나를 휘감는다. 나는 그 울음에 묶여 버린 듯 핸드폰을 움켜쥐고 있을 뿐 아무 말도 할 수가 없다.

— 약속할 거야, 안 할 거야?

울음소리를 입에 가득 문 채 시연이가 내게 물었다.

― 시연아, 난 그게 아니라 네가…….

― 약속할 거야, 안 할 거야!

시연이가 발악하듯 외쳤다. 그렇게 말한 것이라고 짐작할 뿐, 도무지 알아들을 수도 없는 발음으로. 시연이 것이라고 상상조차 할 수 없는 목소리로.

그러고 보니 그 날도, 시연이는 조금 울었던 듯싶다. 내게 꽉 붙들린 두 팔 사이로 얼굴을 깊이 박고 그렇게.

울음이라기보다는 비명에 가까운, 그런 울음이 이제야 무선의 신호로 날아와 내 귓속을 파고든다. 곧장 내 가슴을 쪼개어 버린다. 둘로, 정확하게 반으로 쩌억, 하는 소리를 내면서. 시연이 울음소리가 갈라진 틈새로 스며든다. 가슴에서 왈칵왈칵, 수많은 말이 솟구쳐 오른다. 그런데도 그 무엇 하나 말이 되지 않는다. 한참 만에야 겨우, 한마디가 힘없이 새어 나온다.

― 약속…… 할게.

그러자 뚝, 전화가 끊겼다. 침묵이 장벽처럼 내 앞에 버티고 섰다. 아프도록 핸드폰을 움켜쥐고 있어도 더는 아무 소리도 들려오지 않는다. 시연이의 까르륵대는 웃음소리도, 비명 같은 그 울음소리도.

"종원아."

어느새 돌아왔는지 엄마가 다시 내 방문을 두드렸다.

"문 좀 열어 봐. 엄마랑 얘기 좀 하자. 시연이 엄마는 갔어.

……종원아, 이렇게 문 닫아건다고 될 일이 아니야. 그러니까 엄마랑 먼저 얘기해. 엄마한테는 사실대로 말해야지, 응?”

모르겠다. 어떤 대답도 할 수 없다. 나야말로 묻고 싶다. 이 모든 일이 어떻게 된 것인지, 어디서부터 어떻게 잘못되기 시작한 것인지. 그런데 누구에게, 대체 누구에게 물어야 하는 것일까.

“종원아, 문 좀 열어 봐. 엄마랑 얘기 좀 해, 응?”

문고리가 덜컹덜컹, 절벽 위의 바위처럼 흔들린다. 곧 내 머리 위로 굴러 내릴 것 같다. 싫어. 이건 싫어. 그만 해. 정체 모를 소리들이 절벽 위를 거세게 맴돈다. 덜컹덜컹, 바위가 무섭도록 흔들린다. 곧 굴러떨어질 기세다. 곧장 내게로, 내 머리 위로.

나는 두 손으로 귀를 틀어막으며 털썩 주저앉았다.

로스웰*주의보

아, 뭔가 전 인류에게 남기는 거창한 글 같은 걸 쓰고 떠나야 할 것 같기는 한데……. 너도 알지? 내가 도무지 그런 인간이 못 된다는 걸. 지구인 여러분, 네티즌 여러분, 뭐, 이런 말을 갖다 놓고 쓰려니까 도무지 한마디도 안 써지는 거야. 사랑하는 엄마 아빠? 으, 이건 더해. 그래도 너한테라면 솔직히 털어놓을 수 있을 것 같더라. 딴판이니 뭐니 해도 우리, 일란성 쌍

*미국 뉴멕시코 주의 도시로, 1947년에 벌어진 이른바 '로스웰 사건'으로 유명하다. 로스웰 사건은, 1947년 6월 14일 농부 윌리엄 브래즐이 어떤 물체의 잔해를 발견한 데서 비롯된다. 브래즐은 이를 보안관 조지 윌콕스와 로스웰 신문사에 알렸으며, 로스웰 신문사는 이를 외계의 비행접시 잔해라고 보도했다. 미 공군에서도 비행접시의 잔해를 수거해 정밀조사 중이라고 발표했다. 그러나 그로부터 24시간 후, 미 공군은 처음 발표를 전면 부인하며 그것은 기상관측용 통신기구의 잔해라고 주장했다.

둥이잖아. 그러니 내 싸이에다 너에게 편지를 써서 공개하기
로 한 거야. 이 충격적인 동영상까지 첨부해서 말이야. 이렇게
되면, 거창하게 말해서 네가 전 인류의 대표 선수가 되는 셈인
가?

　아무튼 좋아. 이제 본론으로 들어갈게. 한가로운 이야기나
하고 있을 시간이 없네.

　엄마 아빠는 나더러 미쳤다고 하지만 그건, 사실이 아니야.
미친 건 내가 아니라 오히려 엄마 아빠야. 그래, 오빠도 마찬가
지겠다. 졸병 생활을 하느라 죽을 맛이라고 하면서도 지난번
첫 휴가 때 그, 뭐더라? 무슨 관리사인지 뭔지 자격증 시험 준
비한다고 책 사서 돌아갔잖아. 그러면서 부대 복귀하기 전날
술 취해 들어와서 아빠한테 뭐라고 그랬어? 물려받을 재산도
빽도 없이 사는 게 너무 힘들다고, 겁도 없이 주정을 하다 결국
얻어터졌잖아.

　그뿐이야? 아빠는 또 얼마나 이상해? 회사에서 잘리면 어
떡하지, 잘리면 어떡하지, 잘리면 어떡하지…… 무슨 편집증
환자처럼, 밥을 먹다가도 잠을 자다가도 쉬지 않고 그러잖아.
엄마는 또 어떻고? 우리 학원비 때문에 도저히 안 되겠다면서
새삼 취직까지 했잖아. 허리 디스크로 수술까지 받을 뻔한 사
람이 그게 무슨 짓이니?

　하기야 너도 그렇긴 해. 하루에 네 시간 자는 게 목표라고?
그러고도 불안해서 자다가 삼십 분마다 깬다면서? 잠은 우리

쌍둥이의 에너지원이잖아. 근데 너한테 대체 무슨 일이 일어난 거야? 난 너까지 맛이 간 게 아닌지 걱정돼.

오히려 내가 미친 거라고? 그래, 나도 바로 오늘 저녁까지는 그런 생각을 하기도 했어. 고등학교 1학년 1학기 기말고사를 치다 말고 뛰쳐나온 건, 내가 봐도 튀는 행동이긴 했지.

그렇지만 이제 모든 게 밝혀졌어. 미친 건 내가 아니야. 아, 이렇게 얘기하면 내 말을 못 알아듣겠구나. 그래, 처음부터 차근차근 얘기할게.

그 날은 내가 우리 집 옥탑방에 틀어박힌 지 한 달째 되던 날이었어. 누가 아빠 새 차를 일부러 긁어 놓았다고 난리가 났던 날, 기억나지? 그 날도 난 심심함에 지쳐 축 늘어져 있었어. 장마를 앞둔 때라 얼마나 더웠는지 몰라. 해가 지고서야 겨우 옥상을 어슬렁거리고 다녔지.

그런데 어쩌면! 그 무지막지한 시멘트를 뚫고서 어린 싹이 하나 올라와 있는 거야. 1층도 아니고 3층 건물 옥상 바닥에, 그것도 시멘트가 깨져 나가 흙이 쌓인 것도 아닌데 말이야. 수면 위로 솟아오른 물풀처럼 그냥 쓰윽, 그 가녀린 몸이 시멘트를 비집고 나온 게 참 기특도 하더라고. 1센티미터쯤 되었으려나? 뾰족하니 선 채 시원찮은 바람에도 한들한들……. 그늘진 곳에서 자란 탓인지 한여름인데도 좀 갈색을 띠고 있더라. 나는 쭈그리고 앉아 그걸 빤히 들여다보았어. 그러다 살그머니 손을 뻗쳤지. 그런데 내 손이 풀잎을 스치려고 하는 바로 그 순

간 엄마가 옥상 문을 벌컥 열고 나타났어. 또 한바탕 잔소리를
늘어놓았지. 말도 마.

그 바람에 나는 그만 기분을 잡쳤더랬어. 가출을 한 것도 아
니고 고작 우리 집 옥탑방에 있겠다는데, 강도가 된 것도 아니
고 그냥 혼자 좀 있겠다는데, 그걸 그냥 못 봐주고 이렇게 들
들 볶다니. 옥상을 우아하게 거닐 맛도 뚝 떨어지더라고. 다시
옥탑방으로 들어와 벌러덩 드러누웠지. 그러고는 곧 잠이 들
었어.

그러다 몇 시쯤이었을까? 열두 시? 한 시? 갑자기 눈을 떴
어. 처음엔 더워서 깬 줄 알았어. 하지만 열어 둔 방문으로 습
기를 머금은 바람이 제법 시원하게 불어 들더라고. 그럼 대체
뭐였지? 나는 얼떨떨한 머리를 긁적이며 일어나 앉았어. 그리
고 두 팔을 있는 대로 벌려서 기지개를 켜⋯⋯ 려는 순간, 소
름이 등골을 초고속으로 훑어 내렸어. 밖에서 뭔가 이상한 소
리가 들렸거든. 뭐랄까, 그건 멀리서 믹서가 돌아가는 소리 같
기도 했고, 학교 1층 교무실 에어컨 실외기가 얄밉게 돌아가는
소리 같기도 했지.

마음 같아서는 아래층을 향해서 죽어라 비명을 지르고 싶었
어. 하지만 그럴 수야 없잖아? 어쩌면 다른 집에서 나는 소리
인지도 모르는데, 그랬다간 엄마 아빠 앞에서 내 체면이 뭐가
되겠어? 그러니 일단 조용히 확인부터 해야 할 것 같더라고.
나는 살금살금 방문으로 다가갔어. 다행히 아래층으로 통하는

계단 문이 활짝 열려 있는 게 보였어. 옥탑방 문에서 계단까지는 거우 다섯 발자국? 여차하면 뛰어야겠다고 마음먹었지. 나는 왼 주먹을 잘근잘근 깨물며 문밖으로 고개만 빠끔 내밀었어.

정말로 옥상에 뭐가 있었어. 그래도 나는 벽 뒤로 몸을 숨긴 채 문틀을 움켜쥐고 벌벌 떨기만 했어. 물론 마음 같아서는 냅다 뛰어서 아래층으로 도망치고 싶었지. 하지만 뛸 수가 없었어. 아니, 뛰지 않은 건가?

그건 겁에 질린 나를 아예 얼려 버릴 만큼 기묘했어. 크기는 한…… 그래, 옥탑방만 했어. 오빠는 이 옥탑방이 코딱지만 하다고 늘 투덜거렸지. 한 평? 두 평? 흐흐, 난 아무래도 숫자에 약해서 말이야. 아무튼 오빠 옷장과 기다란 책상과 책장을 벽에 둘러놓고 나면 어른 셋이 꼭 껴안고 잘 정도는 되겠다, 그치? 그리고 모양은 마치…… 마치…… 우리 학교 앞 분식점의 스테인리스 냉면 사발을 거꾸로 엎어 놓은 것 같다고나 할까? 그 요상한 물건을 보고 있으려니 목구멍이 막 죄어드는 것 같더라. 이러다 숨이 막혀 버리는 건 아닌가 싶을 정도였어.

나는 침을 한 번 꼴깍 삼키고 물었어.

"누구세요?"

내 목소리는 정말 작았어. 그것에게 들을 귀가 있다 하더라도 결코 들을 수 없을 정도로. 그런데도 그것은 내 말에 대답이라도 하듯 비유웅— 소리를 내며 반으로 접혔어. 냉면 사발을 세로로 뚝, 반 잘라 겹쳐 놓은 것처럼 되었다는 말이야. 그리고 그것 안에서 무언가, 아니 누군가가 두웅실 떠오르더라. 그러더니 부우웅— 하고 아래로 내려와 우리 옥상에 내려섰어.

"안녕, 지구인."

그가 말했어. 처음에는 열 살 남짓한 남자아이처럼 보였어. 키며 몸집이며 걸음걸이가 딱 그랬거든. 하지만 그가 조금 더 다가왔을 때, 나도 모르게 한마디가 툭 튀어나오더라.

"외계…… 인?"

'모여라 꿈동산'이라는 말로도 부족할 만큼 커다란 머리통. 그 얼굴에 걸맞게 크고 불거진 두 눈에다 회색 랩을 몇 겹으로 친친 감은 듯 쭈글쭈글한 피부. 게다가 그의 오른쪽 귀 바로 옆에는 조그마한 물고기 한 마리가 둥둥 떠 있었어. 노란 선과 파란 선이 수직으로 교차하는 체크무늬 물고기는 내 핸드폰만 했어. 그런데 그 놈이 글쎄, 나를 빤히 쳐다보는 거야. 그 눈빛은 심지어 뭘 봐, 라는 듯 도발적인 느낌마저 주더라고. 이러니 내가 그들의 첫인상을 좋게 볼 수 있었겠어? 이해 가지? 그런데도 그는 친구 집에 놀러 오기라도 한 것처럼 스스럼없이 옥탑방으로 들어서는 거야. 문가에 선 나를 태연히 스쳐 방 안으로 들어서더라고. 물고기도 악마의 그것처럼 기다랗고 뾰족한 꼬리를 살랑대며 그의 뒤를 따랐어.

정말이냐고? 물론 정말이야. 영원한 이별이 될지도 모르는 순간을 앞두고 거짓말이나 농담을 할 리가 없잖아. 그래, 진짜 외계인이었어. 외계인, 다른 항성계에 속한 행성에서 온 생명체 말이야.

그는 헤라클레스 자리의 구상성단 M13에 속한 포루칼라리나 항성계의 노할라 행성에서 온 조사관 Q라고 했어. 지구로부터 이만사천 광년이나 떨어진 행성에서 왔다는 얘기였지. 그가 외계인이라는 사실은 생각만큼 충격적이지 않았어. 그의 외모와 언어는 지극히 외계인스러웠거든. 만약 지구인이라고 했다면 정말 충격을 받았을 거야. 오히려 나를 놀라게 한 것은 그 체크무늬 물고기였어. 그 물고기는 말하자면 일종의 통역기였어. Q가 까라뿌라꼬라뿌루뿌…… 따위의 정체 모를 소리를 늘어놓을 때면 물고기가 옆에서 입을 빠끔거리며 동시통역을 하더라고. 대체 누구와 눈을 맞추고 이야기해야 할지 물어보고 싶은 심정, 짐작이 가?

하지만 진짜 궁금한 것은 따로 있었어. 그래, 너도 그럴 거야. Q가 대체 왜 하필이면 이 좁아터진 옥탑방에 나타났느냐하는 사실 말이야. 결국 나는, 다시 옥상으로 나가 한가롭게 거닐고 있는 Q에게 다가가 사연을 물었지.

"지구 시간으로 65년 전, 바로 이 하늘 위에서 우리의 우주선과 교신이 끊어졌거든. 아마 추락한 것 같아."

그가 손가락으로 하늘을 가리키며 말했어. 그 바람에 나보다 다섯 배쯤 긴 그의 하나뿐인 손가락이 빨랫줄을 건드렸어. 나는 그 서슬에 떨어지는 양말을 받아 들며 하늘을 바라보았어. 정말이지 아무런 특징도 찾아볼 수 없는, 시답잖은 밤하늘이었지. 그러니 미심쩍은 목소리로 물을 수밖에 없잖아.

"정말이에요?"

그는 자신 있게 고개를 끄덕였어.

65년 전이라면…… 1947년이잖아. 그 때 한국은 한국전쟁을 앞둔 혼란기? 과도기? 아무튼 외계의 우주선이 나타날 분위기는 아니었잖아? 하지만 저렇게 으리번쩍한 우주선을 타고 나타난 외계인이 거짓말을 할 리는 없어 보였지. 그의 썩은 미소로 보아 농담도 아닌 것 같았고. 나는 그의 이야기를 좀 더 들어 보리라 마음먹었어.

"그렇게 오래 전에 사라졌는데…… 왜 이제야 왔어요?"

"그 동안 수색을 한답시고 뻔질나게 드나들긴 했지. 그래 봤자 무슨 성과가 있어야 말이지. 정부가 하는 일이란 아무튼…… 알지?"

남의 별 사정이야 내가 알 리가 있나. 그래도 조금 알 것 같기는 했어. 나는 고개를 끄덕여 주며 다시 물었어.

"바로 여기서 추락했다면서, 왜 못 찾았어요?"

"여기서 교신이 끊어졌을 뿐 추락한 곳은 여기가 아니야."

"그걸 어떻게 알아요?"

"여긴 푸라푸라가 없거든. 영향권인 것 같긴 하지만."

"네?"

Q는 대꾸도 없이 다시 옥탑방으로 들어갔어. 그러더니 글쎄, 책상에 앉아 오빠 컴퓨터 전원 버튼을 누르지 뭐겠어? 나

는 Q가 처음 나타났을 때만큼이나 놀라서 달려갔어. 너도 알잖아. 그 컴퓨터를 망가뜨렸다간 우주전쟁이 터지고도 남을 거라는 거. 그 전에 내가 먼저 사망할 테고. 나는 모니터를 끌어안듯 막아서며 물었어.

"뭐 하시는 거예요?"

"뭘 하다니? 우주선 꼬로쎄나호의 흔적을 찾는 거지."

"근데 이…… 컴퓨터는 또 왜요?"

"그럼 어떡해? 무턱대고 나가서 찾을 수도 없고."

Q가 귀찮다는 듯 대답했어. 그러더니 글쎄, 하나뿐인 손가락으로 마우스를 끌어 인터넷 익스플로러를 실행시키는 거야. 그뿐이 아니었어. 세상에, 능숙한 독수리 타법으로 주소창에 www. google…… 이라고 치는 거 있지?

"컴퓨터…… 할 줄…… 알아요? 구글까지 아는 거예요?"

"내가 바본 줄 알아?"

Q가 내게 쏘아붙였어. 그러고는 페이지 이동 버튼을 클릭하고 나서 의자에 등을 기대며 다시 말했어.

"그 우주선은 푸라푸라를 버릴 곳을 찾던 중이었어. 태양계 정도면 될 줄 알았지. 이 후미진 시골 은하에 생명체가, 그것도 고등생명체가 집단적으로 모여 살지는 꿈에도 몰랐어. 그런데 푸라푸라를 실은 채 추락하고 말았으니……. 이 정도 시간이 흘렀으면 이미 꽤 퍼졌을 거야. 우리 포루칼라리나 항성계의 까페리까 행성도 푸라푸라에 오염되어 결국 종말을 맞았는데

이거 참……."

　Q의 말을 그대로 믿자면 이건 몹시 심각한 문제였어. 푸들 푸들인지 뭔지 때문에 지구의 종말이 다가오고 있다는 얘기고…… 그렇다면 결국 나까지 덩달아…….

　"그럼 이제 어떡해요? 저기, 뭔가 빨리 대책을 세우든지 해야……."

　"그 정도는,"

　Q가 내 말을 뚝 자르며 입을 열었어.

　"내가 알아서 해. 일단 조사부터 해야지, 무턱대고 돌아다닌다고 되는 게 아냐. 그래서 다들 그 동안 실패한 거지. 그러니 너는 상관 말고 물이나 좀 가져와. 신선한 물을 마신 지 너무 오래됐어. 목이 타는군."

　문득 괘씸하다는 생각이 들더라. 멋대로 남의 집에 들이닥쳐서 어쩜 이리 뻔뻔할까? 건방진 태도에다 명령까지 하다니. 여긴 엄연히 내 행성이고 내 나라이고 내 집인데! 여기서 내가 뭐 그리 큰소리를 치고 사는 건 아니지만 아무튼 Q에 비하면 그렇잖아.

　"근데 하필 왜 여기서 이래요?"

　나는 '여기서'에 커다랗고 시커먼 방점을 찍어 물었어. 그러면 Q가 뜨끔한 얼굴로 좀 기가 죽을 줄 알았지. 미안하다거나, 부탁한다거나, 뭐 그런 이야기를 늘어놓을 줄 안 거야. 그런데 Q는 눈도 깜빡 않고 외려 내게 되물었어.

"싫어? 그럼 다른 데로 가고."

나는 그만 움찔하고 입을 다물었지. 뭐랄까, 그건 좀 아쉽더라고. 지난 한 달간 사람다운 사람을 만난 적이 없었으니까.

아, 그게 무슨 소리냐고? 너도 옥탑방에 몇 번이나 올라왔다고? 그래그래, 그럼 이렇게 고쳐 말할게. 지난 한 달간 나를 사람 취급해 주는 생명체는 처음 만났다고. 할 말 없지? 너도 나를 무슨 별종이나 사이코 취급한 건 사실이잖아. 술에 취해 행패에 가까운 훈계를 늘어놓으러 왔던 아빠도 마찬가지고, 하소연과 잔소리와 엄포를 차례로 늘어놓는 엄마도 물론이지. 그런데 Q는 달랐거든. 넌 대체 뭐가 되려고 그러느냐고 다그치지도 않았고 앞으로 어쩔 셈이냐고 캐묻지도 않았어. 이러다 후회하게 될 거라는 협박도 하지 않았고. Q는 나를 엄연한 지구인으로 대하더라. 그냥 한 사람의 지구인 말이야.

게다가 문득 좋은 생각이 떠오르지 뭐겠어? 이 일이 내게 기회가 될지도 모른다 싶더라고. 볼수록 기괴한 외모에다 생각할수록 황당한 일이잖아. 65년 전 추락한 우주선과 정체 모를 위험 성분을 찾아 나선 외계인을 돕는다? 이 경험을 글로 쓰거나 UCC로 올린다면……. 어쩌면 세계적인 유명인사가 될지도 모르겠더라고. 유튜브에 동영상이 오르고…… 인터뷰가 이어지고 책을 쓰고 영화 판권을 팔고…… 인터뷰를 본 어느 CF감독이 나를 전격 발탁하고……. 뭐, 몇 군데 고치고 다이어트에만 성공하면 나라고 못할 것도 없잖아? 어쨌거나 나에게 쏟아

지는 그 모든 비웃음에 정통으로 한 방을 날릴 수 있는 기회인
건 분명해 보였어. 나는 슬그머니 말꼬리를 내리며 말했어.

"뭐, 그런 뜻은 아니에요. 저기 물은…… 얼음물이 좋겠
죠?"

Q와 나는 그렇게 한 팀이 되었어. 나는 아래층에서 시원한
얼음물을 가져왔고 Q는 인터넷을 들여다보며 인상을 찌푸리
고 있었지. 그냥 그렇게 모니터를 노려보기만 하더라고. 나는
책상 아래에 쭈그리고 앉아 Q를 지켜봤지만…… 그렇지
만…… 어느새 잠이 들고 말았어.

그리고 다음 날 새벽이었어.

"배가 고픈데."

Q의 한마디에 나는 벌떡 일어나 아래층으로 내려갔지. 뭐든
잘 먹는다고 하니 다행이라는 생각을 하면서 말이야. 그 날 현
관문을 벌컥 열고 들어서다 독서실에 가려고 나서는 너와 마
주쳤던 거, 기억나?

"머리 많이 자랐네?"

너는 내게 그렇게 말했어.

나는 쑥스럽게 웃으며 내 머리칼을 만져 보았지. 정말, 그렇
더라. 기말고사를 작파하고 뛰쳐나온 그 날 내 손으로 싹둑!
하늘을 향해 곤두섰던 게 엊그제 같은데 어느새 머리칼은 많
이 순해져 있었어. 그래서인지 나를 바라보는 엄마 아빠의 눈
초리는 더 날카로워졌고. 엄마는 내가 스스로 머리칼을 자르

는 걸 보고 기겁해서 나를 강제로 어쩌지 못했던 거잖아. 그러니 머리칼이 자랄수록 나를 만만하게 여기는 건가? 아빠도 나를 무섭게 노려보다가 입맛이 떨어졌다는 듯 수저를 놓아 버렸어. 회사에서 잘리면 어쩌지라고 중얼거리며 양복 재킷을 들고 그대로 나가 버렸지.

엄마가 내게 말했어.

"너, 언제까지 이럴 거야?"

나는 묵묵히 반찬통에 밥과 반찬을 퍼 담았어. 엄마는 포기하지 않고 또 물었어. 아무리 물어도 대답 없는 나였지만 엄마는 나보다 더 집요하더라고.

"엄마, 나는 진짜 지겨워."

묵비권을 포기하고 내가 처음으로 입을 열었던 거야. 엄마의 집요함에 지쳤던 거냐고? 그렇기도 했지만 그보다는 Q 때문이겠지. Q 생각을 하니 묘한 배짱 같은 게 생기더라고. 학교를 관두고 대체 뭘 할 거냐고 사람들이 물을 때마다 나는 반항 중이라는 듯 입을 다물었지. 그렇지만, 내심은 안 그랬어. 사실 나도 별로 할 말이 없었던 거야. 그런데 이제 할 말이 생긴 거지. 누구에게든 당당하게 말할 수 있는 아주 특별한 사건! 남들은 심심하다고 말하기도 민망할 만큼 지루한 나날을 보내는 동안, 나는 범우주적인 교류를 하며 전지구적인 문제를 해결하고 있다 이거지. 뭐, 내가 직접 해결하는 건 아니지만, 그게 그거잖아.

"학교 가고 집에 오고 학교 가고 집에 오고…… 회사 가고 집에 오고 회사 가고 집에 오고……. 생각만으로도 끔찍해. 벌써부터 지겨워. 난 그렇게 살기 싫어."

난 당당하다 못해 시건방진 말투로 얘기했어.

엄마는 어이없다는 듯 입을 딱 벌렸지만 잠시 후 안면 근육 경련을 일으키며 애써 미소 띤 얼굴로 말했어.

"그래, 네 말이 무슨 말인지 알아. 그래도 일단 눈 딱 감자, 응? 그런 건 대학 가서 생각하자고."

"대학 가면 뭐가 달라? 오빠 좀 봐. 공부해서 대학 가고 그래서 결국 뭐야? 군대에서 죽어라 얻어터지면서도 뭐, 자격증 시험 준비를 한다고? 그러다 제대하면 또 취업 시험 준비해야 하잖아. 운 좋아서 취직하면 거기선 뭐, 편한가? 그러다 결혼하면…… 하기야 그 성격에 결혼은 하려나? 아마 연애도 힘들걸? 아무튼 뭐, 다를 게 있어? 칫!"

내 딴에는 날카로운 연설이었지만 물론 우리 엄마가 그 정도로 물러설 리는 없었지.

"지금은 하루하루가 지겹고 길지? 이 시간이 안 끝날 것 같지? 안 그래. 이거, 잠깐이야. 인생은 네 생각처럼 그렇게 마냥 길지 않아. 이렇게 낭비하고 있을 새가 없다고."

"그러게. 그러니까 시간이 아깝다는 거지."

"야, 최가람!"

마침내 엄마가 꽥 소리쳤어.

나는 고민 중이라고 둘러대며 다시 옥상으로 내뺐어. 혹시 엄마가 분을 못 이겨 옥상으로 쫓아 올라올까 봐 겁이 나서 아부한 거지.

그렇게 일껏 눈칫밥을 얻어 왔는데도 Q는 대뜸 짜증부터 부리는 거 있지?

"왜 이렇게 늦게 온 거야?"

나는 범우주적인 사랑으로 웃으며 넘겼어. 보아하니 밤사이 건진 게 없는 모양이더라고. 모니터는 여전히 구글 첫 화면을 펼치고 있었거든. 그래도 먹을 걸 보더니 Q의 표정은 한결 부드러워졌어. 심지어 고맙다는 소리도 하던걸. 체크무늬 물고기도 처음으로 Q의 오른쪽 귀 언저리를 떠나 밥과 반찬을 쩝쩝거리며 먹기 시작했어. 나는 핸드폰을 열어 둘의 모습을 동영상으로 찍었어. Q는 내가 촬영하는 것에 대해 아무런 반응을 보이지 않았어. 물고기는 말할 것도 없고. 영화에 나오는 것처럼 화면으로는 아무것도 안 찍힌다거나 하는 일도 없었어. Q와 물고기의 모습은 그 주름 하나하나까지 생생하게 화면에 담겼어. Q의 푸른 입술 사이로 열무김치가 뭉텅이로 들어가는 모습도 제대로 찍혔지.

"넌 안 먹어?"

삼인분도 넘는 밥을 거의 다 먹고서야 Q가 내게 물었어.

"난 좀 있다 먹을 거니까 신경 쓰지 마요. 근데, 인터넷에서는 뭘 좀 찾았어요?"

"일단 좀 자고 나서."

Q가 실업자 같은 얼굴로 말했어. 그리고 화장지로 입가를 닦고는 벌러덩 드러누웠지. 물고기는 Q의 커다란 귓바퀴 안에 느긋하게 자세를 잡고 누웠고. 나는 그 모습까지 낱낱이 동영상으로 촬영했어.

두둥! 드디어 싸이에 올려 보았어. 역시, 굉장한 장면들이더라. 나는 일단 동영상을 비공개로 해 두고 다시 구글로 돌아갔지.

1947년, UFO.

이렇게 두 단어를 치고 검색을 클릭하자 구글은 기다렸다는 듯 엄청난 자료를 쏟아냈어. 빙고! 뭐 대단한 거라도 찾았냐고? 물론이지. 나도 그렇게 쉽게 결과를 얻을 줄은 몰랐어. 거의 시시할 정도였지.

그러니 Q는 어땠겠어? 잠이 덜 깬 얼굴로 말을 더듬기까지 하더라.

"이, 이게…… 어떻게 되, 된 거야?"

나는 Q에게 뭘 이까짓 걸 못 찾아서 그랬냐고 말해 주었지. Q의 회색빛 피부가 검게 변하더라. 그게 얼굴을 붉힌 건가? 아무튼 Q가 더듬거리며 말했어.

"이런 식의 검색은 하도 오래된 방식이라 익숙하지 않아서……"

그 변명의 말꼬리를 붙들고 좀 더 놀려 주고 싶기도 했지만 그보다는 으스대고 싶은 마음이 더 컸지. 나는 훑어본 것 중 가장 정리가 잘된 기사 하나를 열어 읽었어.

"1947년 6월 14일, 미국 뉴멕시코 주 공군기지 인근 로스웰 지역 케스케이드 산 인근 3,000미터 상공에서 시속 2,500킬로미터 이상의 속도로 하늘을 비행하는 UFO를 목격했다는 비행조종사의 보고가 있었다. 그 후 미국 공군은 로스웰 공군기지 인근에서 비행접시의 잔해를 수거해 정밀조사를 진행하고 있다는 공식 발표를 내놓았다. 그러나 미 공군은 발표 후 24시간 만에 미확인 비행물체의 정체가 기상관측용 통신기구라는 보도자료를 내놓았다. 당국의 이같은 발표에도 불구하고 당시 일부 언론들은 사고 현장에서 외계인 사체 두 구를 봤다는 지역 주민의 말을 인용해 의혹을 제기했다. 어때요?"

Q는 가타부타 말 없이 모니터만 보고 있었어. 기사에는 '비행접시의 잔해'라는 제목이 붙은 사진도 있었어. 딱히 그렇게 보이지는 않았지만 말이야. 그저 커다란 불투명 유릿조각이나 얇은 스테인리스 판 같더라고. 그렇다면 좀 더 확실한 증거가 필요한가? 나는 좀 더 최근 기사를 읽었어.

"당시 미 공군 공보 담당 장교였던 하우트*는 2005년 12월 사망했다. 그는 자신이 세상을 떠난 후 공개하라는 유언장을

---

* 하우트 이전에도 미 공군이 로스웰 사건을 은폐했다는 증언이 있었다. 그 첫 번째는 1978년, 로스웰 잔해를 수거했던 공군 장교 제시 말셀의 기자회견이었다. 그리고 1987년에는 말셀의 주장을 뒷받침하는 사건이 공개되었다. 또

남겼으며 그의 대리인이 이를 공개했다. 그 내용은 당시 자신은 외계인 사체를 분명 목격했고, 단 한 번도 본 적이 없는 얇은 금속 재질의 비행접시 파편을 관찰했다는 것이었다. 또한 하우트는 미군이 이 모든 사실을 철저히 숨기고 조작했으며, 이에는 기지 사령관 등 고위급 관료가 관여했다고 주장했다.”

여기까지 읽었지만 Q는 무반응이었어. 조금 김이 새더라고. 그래서 나는 미심쩍게 보이던 동영상을 열었어.

제목은 ‘로스웰 외계인 해부 동영상*’.

정지 상태의 화면 한가운데에는 외계인인지 실리콘 인형인지가 두 눈을 부릅뜨고 누워 있었어. Q가 홀린 듯 모니터 앞으로 한 발 다가왔어. 물고기마저 Q의 귓가를 떠나 코를 박을 듯 모니터로 다가오더라고. 나는 슬그머니 일어나 Q에게 의자를 양보했어. Q는 털썩 의자에 앉았지. 나는 얼른 마우스를 끌어 재생 버튼을 클릭했어.

하드록 풍의 기타 연주가 울려 퍼지면서 화면이 움직이기 시작했지. 실험대 위에 누워 있는 외계인은 오른쪽 다리를 크게 다친 상태였어. 글쎄, 어찌 보면 Q와 닮은 듯도 하고 어찌

최초의 목격자 브래즐의 딸 베시 브래즐도 외계인의 사체를 미 당국이 은폐했다고 주장한 바 있다.

* 1995년 영국 출신 영화 감독 레이 산틸리가 공개한 동영상이다. 이는 미국의 History 채널, 영국의 BBC 등에서 방영되어 외계인에 대한 관심을 증폭시켰으며, 현재 진위에 대한 거센 논란에 휩싸여 있다.

보면 그렇지 않은 듯도 싶더라. 곧이어 화면에 우주복 같은 옷을 뒤집어쓴 지구인 두 사람이 등장했어. 그들은 외계인의 몸 여기저기를 눌러 보기도 하고 들춰 보기도 했어. 그러더니 수술용 가위를 가져와서는 다리의 상처 부분을 헤집어서 피부를 잘라내 비닐에 담는 거야. 웩! Q가 자는 동안에 이미 대충 본 장면이지만 다시 봐도 역겨웠어. 그런데도 그들은 거침없이 시신의 배를 가르더라. 으…… 더는 볼 수가 없더라.

나는 책상에서 조금 물러나 핸드폰으로 다시 촬영을 시작했어. 모니터 속의 화면과 Q가 같이 들어가도록 각도 조정을 잘 해야 했어. 특히 모니터에 코를 박고 있는 물고기의 모습이 인상적이기에 그 모습은 스틸 사진으로 찍기도 했지.

그런데 어느 순간, Q의 입에서 이상한 소리가 새어 나오기 시작했어. 날카로운 쇳조각으로 시멘트를 긁는 듯…… 소름이 끼치는 그런 목소리. 통역을 하는 물고기의 목소리도 드문드문 끊어져 알아듣기가 어려웠어. 하지만 같은 소리를 되풀이하고 있었기 때문에 이내 나도 그 소리를 알아듣게 되었지.

"가…… 만…… 두…… 지…… 않…… 겠…… 어."

그들은 이렇게 말하고 있었던 거야.

소름이 쫙 끼치더라. 딱, 딱 끊어지는 말들 사이로 칼날처럼 섬뜩한 바람이 부는 것 같았어. 뭔가 일이 잘못되어 가는 것 같더라. 갑자기 Q가 무서워졌어. 지난 하루 동안 함께 지낸 그가 아닌 것 같았거든. 나는 주춤 뒤로 한 발짝 물러나며 조심스럽게 물었어.

"저거…… 아니, 저 사람이 진짜 당신 동족이에요? 노할라 행성에서 온 사람인 거예요? 그래서 화가 난……."

Q와 물고기는 내 말을 남겨둔 채 옥탑방에서 뛰쳐나가 버렸어. 어찌나 빠른지 뭐가 지나갔나 어리둥절할 정도였지. 내가 부리나케 옥상으로 달려 나갔을 때는 이미 우주선이 믹서 돌아가는 소리를 내며 2미터쯤 떠올라 있었어.

"잠깐만요!"

나는 간절하게 외쳤어. 주먹을 불끈 쥐고 목구멍이 갈라지도록 소리쳤지. 그런데도 우주선은 잠시 망설이는 법도 없이 사라져 버렸어. 올 때 그랬던 것보다 몇 배 더 빠른 속도로, 순식간에, 흔적도 없이.

그 다음에 일어난 일은 너도 대충 알 거야.

장마가 시작된 바로 그 다음 날, 나는 옥탑방에 있던 내 짐을 챙겨서 아래층 내 방으로 돌아왔지. 핑계야 비가 샌다는 것이었지만 내 본심은…… 뭐랄까, 더 이상 옥탑방에 머무르고 싶지 않았어. 아니, 머무를 수가 없었던 건가? 거기 그렇게 틀어박혀 있는 게 부질없는 짓이라는 생각이 들더라고. 나 자신이 한심하기도 하고. 길지도 짧지도 않은 내 헤어스타일처럼, 나라는 인간 자체가 코미디인 것 같았지. 로스웰 동영상이 한낱 가십 취급을 받는다면 내 것 역시 다를 게 없는 거잖아. 그런데도 이깟 동영상으로 인생이 어떻게 될 것처럼 흥분한 꼬락서니라니……. 유명세는커녕 망신살이 전국을 휩쓸 일이었어. 그러니 옥탑방에 틀어박혀 있어 봤자 뭘 하겠어? 살이나 푹푹 찌는 거지.

"방학 끝날 때까지만 쉬어. 담임선생님께서도 그렇게 양해해 주시기로 했으니까."

돌아온 탕아에게 엄마가 말했어. 아빠는 은혜라도 베풀듯 용돈까지 주셨지. 너는 학원에서 돌아올 때마다 내 몫의 프린트물을 챙겨다 주었고. 기억나지?

나는 개학날 너랑 똑같은 교복을 입고 제법 손질이 된 머리칼을 휘날리며 학교에 갔어. Q 생각이 나지 않았던 건 아니야. 개학날 교실 문을 열고 들어가려니 차라리 그 때 Q를 따라갈 걸 그랬나 싶기도 하더라. 하지만 그것도 그냥 잠시의 몽상일 뿐이었지.

그래, 나는 고작 한 달 반 만에 평범한 최가람으로 돌아가고 만 거야. 네가 아는 대로 지난 이 주 동안 그렇게 지냈지.

그런데 오늘 저녁 그 뉴스가 모든 걸 뒤집어 놓은 거야. 너랑 나랑 엄마랑, 같이 뉴스를 봤잖아. 사과를 먹으면서, 아니 배였나? 아무튼 흔해빠진 뉴스들이었지. 가난한 엄마가 어린 아들을 두고 가출하는 바람에 애가 혼자 굶어 죽었다는 이야기, 어느 초등학생이 공부하기 싫다는 유서를 남기고 자살했다는 이야기, 실직한 후 장사를 하다가 실패해서 사채에 시달리던 남자가 온 가족을 죽이고 자살했다는 이야기……. 뭐, 그

나마 밝은 소식이라는 게 기껏, 청와대 대리석 벽 틈새로 새싹이 돋아난 걸 좋은 징조라며 호들갑을 떠는 거였지. 그런데 뉴스가 끝날 때쯤 속보가 나오기 시작했어.

"우리 시각으로 오늘 오후, 미국 뉴멕시코 주 로스웰 공군기지가 폭격을 당했습니다. 폭격의 규모는 아직 알려져 있지 않고 있습니다만, 이 사건으로 전 미국이 공포와 충격에 휩싸여 있습니다. 현지에 나가 있는 특파원 연결하겠습니다. 정해진 특파원?"

앵커가 상기된 목소리로 말했지.

특파원이 철책을 두른 기지 앞에 마이크를 들고 나타났어.

"네, 보다시피 아직도 연기가 이 곳 하늘을 뒤덮고 있습니다. 미군이 접근을 통제하고 있어 피해 규모를 눈으로 확인할 수는 없습니다만, 인근 주민의 말에 따르면 대규모 폭발이 있었다고 합니다. 아시다시피 미국 본토에 대한 군사 공격은 이번이 처음입니다. 지난 9·11 사건 등 테러 공격이 자행된 적은 있지만 폭격기를 이용한 공격이라는 점에서 이번 사건은 매우 충격적입니다."

"네, 정 특파원, 그렇다면 대체 누가 미국 본토에 폭격을 한 것입니까?"

"네, 이것 역시 아직 정확하지는 않습니다. 다만 특이한 점은 폭격이 있기 전 약 한 시간 동안 이 곳 로스웰 공군기지 상공에서 반구체 모양의 UFO를 목격했다는 시민들의 제보가 잇

따르고 있다는 점입니다. 지금까지 UFO에 대한 목격담은 꾸준히 있어 왔지만 이번처럼 많은 사람들이 한꺼번에 증언하는 경우는 처음입니다. 더구나 UFO를 촬영했다는 사진이나 동영상에서 조작의 흔적을 찾기 힘들며, 각자 다른 사람들이 찍은 화면이 모두 일치하고 있어 네티즌들은 흥분하고 있습니다. 심지어 외계인의 지구 침략이라는 루머가 돌고 있는 상황입니다. 하지만 조금 전 미 당국은 이번 공격이 이란의 과격 테러단체 '용사들'에 의해 자행된 것으로 보이며, 인공위성을 통해 다수의 증거 사진을 확보하고 있다고 발표했습니다. 이란이 핵무기 때문에 미국과 갈등을 빚고 있는 상황을 감안해 볼 때, 미 당국의 발표는 매우 신빙성이 있어 보입니다. 따라서 이번 사건이 자칫 전쟁으로 비화하지 않을지 우려스러운 상황입니다.”

나는 허둥지둥 내 방으로 들어가 인터넷에 접속했어. 로스웰에서 찍었다는 사진 속의 UFO는 분명, Q의 우주선이었어. 폭격은 Q의 짓인 게 확실했고, 그것은 1947년 로스웰에서 벌어진 일들 때문이었지. 달리 말하자면 그건 내가 Q에게 그 모든 자료들을 찾아 주었기 때문이라고 할 수도 있었지. 어쩌면 이 때문에 미국과 이란 간에 전쟁이 일어날 수도 있고…… 그러면 한국도 덩달아 끌려 들어갈지도 모르고……. 그게 만약 핵전쟁이 된다면? 화가 난 노할라 인들이 지구와의 전쟁을 선포한 거라면?

정말이지 머리가 터질 것 같았어. 나는 꼼짝 않고 컴퓨터 앞에 앉아 있었어. 자정 무렵이 되자 이란 측에서 미국이 자신들을 폭격의 주범으로 모는 것에 강력히 항의한다는 기자회견을 했다는 기사가 떴어. 미국의 압력에 굴복하느니 전 국민이 죽음을 각오하고 싸우겠다는 소리까지 했다는 거였어. 보통 때라면 남의 집 불구경이었을 테지만 오늘은 달랐어. 우리 집 앞마당에 핵폭탄이 떨어진 것 같더라고. 불안해서 견딜 수가 없었어. 옥탑방으로라도 도망치고 싶더라고.

그리고…… 어쩐지 Q가 다시 내 앞에 나타날 것만 같았어. 이런 일을 벌여 놓고 그냥 가지는 않을 것 같았거든. 나는 식구들이 모두 잠든 후 옥상으로 올라갔어.

Q는 정말로 다시 나타났어. 하지만 이번에는 전과 좀 달랐어. 우주선은 착륙하지 않고 옥상에서 2미터쯤 위에 둥둥 떠 있었지. Q는 달에 착륙한 지구인들처럼 우주복을 입고 있었고. 물고기마저도 헬멧을 쓰고 있더라고.

나는 쿵쾅거리며 다가가 제법 따지듯 물었어.

"그렇게 폭격을 하다니…… 전쟁이라도 일으킬 생각이에요?"

"설마."

Q는 어깨를 으쓱했어.

"전쟁 따위는 안 해. 우리는 그 정도로 미개하지 않아. 푸라푸라를 어떻게 해 보려고 딴에는 애를 썼지. 돌아갈 에너지만 남기고 다 퍼부었어. 그래 봤자 별수 없다는 걸 알면서도 말이야. 그 거대한 푸라푸라를 보니 나도 모르게 그만……. W와 G의 시신을 되찾은 게 그나마 다행이었지. 그들은 아직도 시신을 지하 벙커 냉동고 속에 넣어 두었더라고.”

“진짜 푸라푸라가 있었어요?”

Q는 내 얼굴을 물끄러미 보다가 주변을 천천히 둘러보았어. 그러다 다시 나를 바라보며 미안한 얼굴로 말했지.

“푸라푸라는 이미 걷잡을 수 없이 커져 버린 상태였어. 오죽했으면 우리가 보호 장구까지 하고 있겠어?”

“그게 대체 뭔데 그래요?”

“에너지원. 아주 강력한 에너지원.”

“그럼 나쁜 게 아니잖아요.”

Q가 고개를 절레절레 저으며 말했어.

“처음엔 그냥 에너지 덩어리처럼 보이지. 사람들은 푸라푸라를 보고서는 옳다구나 하고 좋아하게 마련이야. 그러는 새 푸라푸라는 땅속으로 슬금슬금 촉수를 뻗어서 사람들에게 접근해. 중심 촉수를 인적이 드문 건물 벽이나 옥상에 박아 놓고, 거기서부터 투명하고 가는 촉수를 뻗어서 사람들의 발목을 잡아채. 그런 다음 복숭아뼈 아래에 빨판을 붙이고 에너지를 빨아들이지. 한번 붙들리면 끝장이야. 푸라푸라를 벗어날 방법은 없어. 사람들은 그렇게 붙잡힌 채 빼앗긴 에너지를 채우느라 죽어라 뛰어다니는 거야…… 그럴수록 푸라푸라의 빨판도 더 강하게 에너지를 빨아들여. 그렇게 제 덩치를 키워 가지. 그러는 동안 사람들은 점점 미쳐 가. 뛰어도 뛰어도 벗어날 수 없으니까 미쳐 가는 거지. 그러다 결국엔 미친 채 서로 물고 뜯고 싸우다가…… 다 함께 죽어 가는 거지. 까페리까 행성도 그렇게 해서 죽은 별이 됐어. 연약한 풀잎처럼 보이지만 그 어떤 것보다 무서운 게 푸라푸라야.”

나는 얼빠진 얼굴로 Q를 바라보기만 했어. Q는 내가 자기 말을 못 알아들은 거라고 생각했나 봐. 나한테 다시 묻더라.

“사람들이 미쳐 간다는 거, 몰랐어?”

하지만 그 이야기가 잘 들리지도 않았어. 내 머릿속에는 또렷한 영상이 차례로 떠오르고 있었거든.

저무는 햇빛을 머금고 살랑거리던 작은 잎, 멋들어진 대리석 벽 틈으로 고개를 내민 작은 잎, 한여름에도 가을인 듯 갈색으로 분위기를 잡던 그…… 푸라푸라?

나는 Q의 손목을 덥석 잡고 옥탑방 뒤편으로 끌고 갔어.

“이거…… 예요?”

Q가 흠칫 뒤로 한 발 물러섰어. 나도 두 팔로 내 몸을 와락 감싸 안았어. 몸이 떨리기 시작했거든.

촉수가 조금, 자라 있었어. 그리고 바람을 등진 채 그 끝을 우리 쪽으로 겨누고 있었지. 분명 그랬어. 우리 집 옥상에서 푸라푸라가 자라고 있었던 거야.

Q는 우주복 주머니에서 볼펜처럼 생긴 물건을 꺼냈어. 그리

고 푸라푸라를 향해 은빛 광선을 쏘았어. 그러자 광선이 채 닿기도 전에 푸라푸라는 시멘트 안으로 숨어 버렸어. 숨바꼭질을 하는 개구쟁이처럼 쏙, 하고 흔적도 없이.

"곧 다시 나타날 거야. 이 짜라뷰 광선은 그저 일시적인 효과가 있을 뿐이거든. 이거 참…… 본의는 아니었지만 지구인들한테는 참 미안하게 됐네."

Q가 말했어.

난 그야말로 발을 동동 굴렀지. 미안하다고 그냥 넘어갈 일이 아니잖아.

"그럼 이제…… 어떡해요? 정말 아무 방법이 없는 거예요? 이렇게 그냥 가 버리면 지구인들은 어쩌라는 거예요?"

"미안해. 진짜 미안하게 생각해. 그렇지만 지금으로서는 방법이 없어. 그래도 우리 노할라 사람들이 푸라푸라를 이겨 낼 방법을 연구하고 있으니까…… 방법을 찾게 되면 돌아올게. 약속해. 그리고…… 정말 고마워. 네 덕분에 W와 G의 시신을 되찾을 수 있었어. 잊지 않을게. 이제 그만 가야겠어."

"간다…… 구요?"

"안녕, 지구인."

Q가 말했어. 그러고는 우주선을 향해 팔을 휙 저으며 뭐라고 웅얼거렸어. 그러자 우주선이 다시 열렸어. Q는 내게 손을 흔들어 보이고는 돌아서서 우주선을 향해 걸었지.

어쩐지 세상에 나 혼자 버려지는 기분이었어. 금방이라도 푸라푸라가 다시 고개를 내밀 것 같았어. 내 다리를 휘감고 복숭아뼈 밑에 빨판을 붙이고 내 모든 걸 빨아들일 것 같았지. 벌써부터 머릿속이 빙빙 돌더라. 내일부터 푸라푸라가 꿈틀대는 교실로 갈 생각을 하니 돌아 버리겠더라고.

그래, 그랬던 거야. 모두 미쳐서 그랬던 거야. 그렇지 않았다면 우리 반 애들이 세현이한테 어떻게 그런 짓을 할 수 있었겠어? 세현이라고, 우리 반 왕따인 애 기억나지? 우리 식구들이 점점 이상해지는 것도 다 이유가 있었던 거야. 배짱 좋기로 유명하던 우리 아빠가 소심해진 것도, 연약한 우리 엄마가 마트에서 여덟 시간씩 서서 일하게 된 것도, 게으름뱅이 오빠가 군대에서까지 시험 공부를 하게 된 것도, 그래, 네가 나마저 잊은 듯 문제집만 들이파게 된 것도…… 그 모두가 푸라푸라 탓이었던 거야. 이러다 어쩌면 푸라푸라 때문에 미친 사람들이 또 전쟁까지 벌일 판이잖아. 무섭고, 끔찍하고…… 아, 뭐라고 말해도 부족했어.

하지만 한 가지 사실은 분명했어. 싫었어. 도망치고 싶었어. 난, 미치고 싶지 않았어. 그러니 Q의 뒤통수에 대고 나도 모르게 소리치고 만 거야.

"잠깐만요!"

Q가 나를 돌아보았어.

나는 그야말로 젖 먹던 힘까지 다해 소리쳤지.

"나도 데려가요!"

이게 내가 떠나게 된, 아니 지구를 탈출하게 된 사연이야.

그래도 내가 어디로 갔는지 얘기는 하고 가야 하잖아. 모두에게 어떤 위험이 닥치고 있는지 알려 줘야 하고. 그래서 이렇게 서둘러 싸이에 글을 남기고 있는 거야. 어쩌면 너는 지금 나한테 화가 났을지도 모르겠다. 가족들을 다 버리고, 인사도 없이 어떻게 혼자 가 버릴 수가 있느냐고.

그래, 나도 망설이지 않았던 건 아니야. 가족들과 함께 떠나고 싶기도 해. 그런데 우주선에는 단 한 자리밖에 여유가 없더라고. 솔직히 같이 가자고 해도 엄마나 아빠 심지어 너도 내 말을 안 믿을 것 같고. 애가 드디어 미쳤다고 오히려 더 난리가 나지 않을까? 포기하고 나도 그냥 여기 남을까 생각도 해 봤어. 하지만…… 그러고 싶지 않아. 무작정 같이 남는 게…… 무슨 의미가 있나 싶네. 내가 떠나는 게 또 다른 기회가 될지도 모른다는, 희망 비슷한 걸 품고 있기도 해. 아니, 이런 얘긴 안 할래. 떠나는 건 그냥 떠나는 거야. 그래, 난 떠나는 거야.

언니.

처음이자 마지막으로 널 언니라고 불러 봤어. 고작 4분 10초 먼저 태어났으면서도 넌 나에게 꼭 언니 소리를 듣고 싶어했지. 좋아, 이제 열 번이고 백 번이고 그렇게 불러 줄게. 대신 내 마지막 부탁을 들어줘.

꼭 살아남아. 미치지 말고 제정신인 채로.

Q가 푸라푸라로부터 벗어날 수 있는 방법을 알려 주었어.

느릿느릿 움직이고 천천히 걸으래. 그럼 조금 나을 수도 있대. 빨리 달릴수록 푸라푸라가 더 강하게 촉수를 휘감으니까, 그러면 점점 더 빨리 미쳐 버리게 되니까. 땅을 바라보면서 그렇게 천천히, 느릿느릿. 알았지?

잊지 마. 로스웰, 그 곳에 푸라푸라가 있어.

이제 정말 가야 할 시간이야. 이럴 땐 어떻게 인사해야 하는 걸까? 수학여행도 아니고 영어 연수도 아니고 하다못해 신혼여행도 아닌 이별. 심지어 죽음도 아닌 그런 이별.

그래, 그냥 이렇게 한마디만 할게. 그게 좋겠어..

안녕.

그럼 이만 모두, 안녕.

그가 남긴 것

　일요일 오후, 정후 아버지는 17평 복도식 아파트 좁은 거실에 펴 둔 이부자리에 몸을 반쯤 밀어 넣고 누워 있었다. 벌써 오 년째 지속되어 온 그의 일상이었다. 그는 그렇게 누운 채, 지은 지 십오 년이 넘은 낡은 아파트의 불투명 유리창으로 들이치는 맥없는 겨울 햇살을 받으며 수목 드라마 재방송을 보고 있었다. 벌써 몇 번이고 우려먹은 조선왕조의 궁중비화를 다룬 사극이었다.

　"소리 좀 낮춰. 짜증나."

　싱크대 앞에 밥상을 펴 놓고 점심을 먹던 정아가 말했다.

　큰딸의 핀잔에도 그는 미동도 하지 않았다. 거의 다 빠져 버린 눈썹이 조금 움찔한 듯도 싶었지만 그것은 의미 없는 경련일 뿐이었다.

“소리 좀 낮추라잖아요.”

안방 화장대 앞에 앉아 눈썹을 그리던 정후 어머니가 말했다. 그녀의 목소리에서는 습관적인 짜증이 잔뜩 묻어났다.

“엄마, 김치가 이게 뭐야? 너무 쉬어서 고린내가 나잖아.”

정아가 젓가락으로 김치보시기를 헤집으며 투덜거렸다. 김치 새로 담근 거 있는데 깜빡했네, 라고 정후 어머니는 말했다. 그러고는 아이펜슬을 내려놓고 끙 하고 앓는 소리를 내며 일어나 거실로 나와 냉장고 문을 열었다.

정후 아버지가 벽에 기대어 둔 베개에서 몸을 일으킨 것은 그 순간이었다. 그는 이부자리에서 빠져나와 거실 문지방을 넘어 좁아터진 주방을 지나쳐 화장실로 들어갔다. 올해로 겨우 쉰 살이지만 그에게는 화장실에 가는 일마저 버거워 보였다. 탈수기에 넣고 돌린 것처럼 물기 하나 없이 바싹 마른 그의 몸은 인기척조차 내지 않았다.

그러나 잠시 후 화장실에서 우당탕거리는 소리가 요란하게 새어 나왔다. 어떤 예감이, 전율처럼 식구들의 등줄기를 타고 흘렀다. 도마 위의 김치를 유리그릇에 옮겨 담던 정후 어머니는 손길을 멈칫했다. 된장에 박은 깻잎 한 장을 젓가락으로 떼어내느라 미간을 좁히고 있던 정아도 눈을 번쩍 들어올렸다. 아점을 먹고서 한 번도 열리지 않았던 정후 방문이 끽 하고 열렸다.

“무슨 일이야?”

한 손에 만화책을 펴 든 채 정후가 물었다.

"좀 가 봐."

정후 어머니가 정후에게 턱짓을 하며 말했다. 그녀의 손끝에서 발간 김치 국물이 뚝뚝 떨어졌다. 정아도 핏발 선 눈동자로 쏘아보며 채근했다.

"뭐 해?"

정후는 영문도 모른 채 교무실로 불려 가는 것처럼 찜찜한 얼굴을 하고 화장실로 갔다. 동그란 문손잡이에 손을 올려놓자 심장박동이 빨라졌다. 정후는 마른침을 삼키고는 그저 닫힌 시늉만 하고 있는 화장실 문을 툭 밀었다. 그러자 문이 열렸고 아버지의 모습이 보였다.

그는 화장실의 넓이를 고려하기라도 한 듯 대각선으로 누워 있었다. 두 눈은 꼭 감겨 있었고 입술은 조금 벌어져 있었다. 무릎이 툭 튀어나온 파자마 가랑이가 젖어 있지만 않았다면, 그가 누워 있는 곳이 화장실 바닥만 아니었다면, 평소와 조금도 다를 바 없는 모습이었다.

예정일이 정해져 있던 출생보다 더 담담한 죽음이었다. 망자에게는 고(故) 이명일 씨라는 흔한 호칭이 붙여질 터였다. 달라진 것은 단지 그것 하나였다. 故라는, 다소 엄숙한 글자가 이름 앞에 붙게 되었다는 것.

"일단 안으로 모셔라."

정후 어머니가 말했다.

정후는 과묵한 심부름꾼처럼 아버지 시신을 안아 거실 이부자리에 눕혔다.

정후 어머니는 김치 국물이 묻은 손을 씻고 병원에 전화를 걸었다. 전화번호 목록에 저장되어 있는 집 근처 시립병원이었다. 그러고 나서는 교회에서 친하게 지내는 권사에게 연락했다. 다음 순서는, 친척들에게 전화를 돌리는 것이었다. 그리 오래 걸리지도 않았다. 짜여진 각본처럼 모든 일을 처리했다. 그리고 정후 어머니는 한 손은 허리에, 한 손은 이마에 올린 채 깊은 한숨을 내쉬고 조용히 말했다.

"너희들도 연락할 데 있으면 얼른 해라. 좀 있으면 정신없을 테니."

정후 어머니는 정아가 먹던 밥상을 치우고 설거지를 시작했다. 정아는 정후 방으로 들어가 컴퓨터 앞에 앉아서는 인터넷 무료 문자메시지 서비스를 활용해 친구들에게 아버지의 부음을 알렸다. 어머니의 휴대전화를 받아 와서 그 지인들에게도 예의를 갖춘 문자를 보냈다.

정후도 비어 있는 안방으로 들어가 자신의 휴대전화를 만지작거렸다. 연락이라든가 조치라든가, 자신도 무언가 해야만 할 것 같았다. 제일 먼저 떠오른 것은, 결석을 하게 되었으니 담임에게 연락을 해야겠다는 생각이었다.

"선생님, 저 이정훈데요."

정후는 그렇게 첫마디를 열었다. 담임은 누구? 라고 되물었고 정후는 세명고 1학년 4반 32번 이, 정, 후, 라고 자기소개를 했다. 담임은 그제야 아! 하고 감탄사를 내뱉었고 정후는 아버지가 돌아가셨다고 말했다. 담임은 다시 아! 하고 감탄사를 터트렸는데 그게 무슨 의미인지 정후는 알 수가 없었다. 문득, 상을 치르느라 기말고사 중 이틀을 빠지게 되었다는 사실을 깨닫고 성적 처리는 어떻게 되는지 궁금한 생각이 들었지만, 정후는 묻지 않았다. 어찌 되었건 별 상관이 없었으며, 요즘의 상태로 보아 시험을 치지 않는 편이 유리하다고 해도 좋을 것이었다.

담임과 그렇게 전화를 끝내고 나자 방 안에 굴러다니는 만화책이 마음에 걸렸다. 친구가 빌린 것을 다시 빌려 온 책이었다. 늘 빌붙어서 보는 주제에 연체까지 시키는 것은 염치없는 짓이었다. 그래도 아버지가 돌아가셨는데, 라는 생각을 해 보았지만 역시 마음이 편치 않았다. 정후는 서둘러 자기 방으로 돌아왔다. 정아도 담임과 통화 중이었다. 정후는 되도록 소리가 나지 않게 조심하며 만화책 열일곱 권을 검은 비닐봉지에 주워 담아 방에서 나왔다. 그리고 서둘러 운동화를 구겨 신고 현관문을 열었을 때 방에서 정아 목소리가 흘러나왔다.

"안녕하세요, 점장님. 저 정안데요, 오늘 아버지가 돌아가셔서 이번 주는 아르바이트 못 나가겠어요. 죄송해요."

정후는 현관문을 닫고 잠시 그대로 서 있었다. 무언가 떳떳하지 못한 일을 하고 있다는 기분이 들었다. 그렇지만 공연한 감상에 빠져 머뭇거리고 있을 때가 아니었다. 정후는 검은 비닐봉지 손잡이를 한 번 감아 틀어쥐고 5층 계단을 달려 내려간 다음 아파트 상가까지 전속력으로 달렸다. 대여점 카운터에 비닐봉지를 던지듯 내려놓고 다시 전력 질주로 돌아오자 아파트 입구에 구급차가 서 있었다.

장례식장은 정후네 아파트에서 차로 십 분 거리에 있는 시립병원이었다. 정후네 가족에게는 더없이 익숙한 곳이었다. 정후 아버지는 오 년 전 당뇨병 판정을 받은 다음 줄곧 이 병원에서 검사를 하거나 처방전을 받았다. 가끔 입원을 했으며 수술을 받은 적도 있었고 응급실을 찾기도 했다. 가장 최근에는 당뇨병 합병증으로 인한 괴사 때문에 왼쪽 발가락 세 개를 절단하는 수술을 받았고, 정후네는 그 때 지금 사는 월세 아파트로 다시 집을 줄여서 이사했다. 그리고 그는 이제 처음이자 마지막으로, 시립병원 별관 지하 장례식장을 찾은 것이었다.

비좁은 입구와는 달리 장례식장은 꽤 넓었다. 로비가 있었고 그 곳에서 사방으로 미로 같은 복도가 뻗어 있었다. 그 복도를 따라 방들이 늘어서 있었는데 그 곳이 망자들에게 주어진 지상의 마지막 땅이었다. 정후 아버지는 그 중에서도 맨 안쪽의, 다섯 개의 빈소가 함께 사용하는 영안실에 자리 잡았다. 생전에 8인 병실만 사용한 것을 생각하면 넉넉한 편이었다.

"토할 것 같아."

영안실로 들어서며 정아가 말했다. 음식 냄새와 땀 냄새와 향냄새가 뒤범벅이 되어 몹시 불쾌했다. 정후도 거북한 듯 인상을 찌푸리며 영안실을 둘러보았다.

빈소 다섯 개가 벽면을 따라 칸막이로 나뉘어져 있었다. 이웃한 빈소들과 구분해 주는 두 개의 벽면과 영정이 놓인 한 개의 벽면, 그리고 나머지 한 면은 뻥 뚫려 있는 구조였다. 망자의 사진이 정면을 차지하고 있는 빈소들은 그래서, 마치 연극의 세트처럼 보였다. 그런 빈소들이 에워싸고 있는 가운데에는 평상처럼 바닥을 높인 곳이 있었는데, 그 곳에 스무 개 남짓한 직사각형 교자상들이 두 줄로 놓여 있었다. 다섯 개의 빈소들이 공동으로 사용하는 식당이었다. 그 중 네댓 개의 교자상에 몇몇 사람들이 둘러앉아 돼지고기 수육과 오징어 초무침과 전유어와 백설기와 사이다와 맥주 따위를 나눠 먹고 있었다.

정아와 정후는 '목련 C'라는 팻말이 붙어 있는 한가운데의 빈소로 갔다. 그 곳이 정후 아버지에게 배당된 곳이었다. 정아는 무릎 높이의 빈소로 단번에 성큼 올라섰다. 그러더니 갑자기 정후를 휙 돌아보며 말했다.

"맞다, 아빠 사진."

정아는 메고 온 배낭을 열고는 다이어리 사이에서 사진 한 장을 꺼내 정후에게 건네었다. 집을 나서기 전에, 영정 사진이 필요할 거라며 정후 어머니가 챙긴 것이었다. 정후는 누나에게서 사진을 받아들고 다시 1층으로 올라갔다.

정후 어머니는 사무실 왼쪽 구석 책상 앞에 앉아 뭔가를 쓰고 있었다. 장례 서비스 신청서, 라는 제목의 서류였다. 그 맨 위에는 실속형, 고급형, VIP형, 이라는 선택 항목이 있었고 실속형이라는 항목 옆 네모난 빈칸에 단호한 체크 표시가 되어 있었다. 정후는 그 서류 위로 사진을 불쑥 내밀었다. 아, 사진! 이라고 말하며 정후 어머니가 사진을 받아 직원에게 건네었다. 긴 머리를 말끔하게 틀어 올린 직원은 무심한 얼굴로 사진을 건네받아 스캐너에 올렸다. 직원의 모니터에 사진이 조금씩 열렸다. 마치 두루마리를 펴듯이 천천히, 정후 아버지의 모습이 드러났다.

빨간 등산 조끼를 입고 베이지색 등산 모자를 쓰고 있는 아버지는 야위었지만 건강해 보였다. 부유해 보이지는 않았지만 그다지 곤궁한 것 같지도 않았다. 그는 다만 아버지였다. 그랬다. 불과 오 년 전까지만 해도.

"참 까마득하다."

정후 어머니가 볼펜을 헐겁게 쥐고, 그만큼 풀어진 눈동자로 모니터를 바라보며 중얼거렸다. 참 까마득하다, 라고 정후도 생각했다. 아버지와 17년을 함께 살았지만 남아 있는 것은 지난 오 년간의 기억뿐이었다.

"상복은 빈소로 바로 갖다 드릴 거구요. 영정 사진은 나오는 대로 갖다 드릴게요. 그리고 음식도 곧 배달될 겁니다. 술이나 음료수, 생수도 외부 반입은 절대 금지인 거 잊지 마세요. 아,

그리고 입관 시간에 늦지 마세요. 아셨죠?”

직원이 말했다. 볼일 끝났으니 이만 일어나 주시죠, 라고 말하고 싶은 얼굴이었다. 정후 어머니는 고갯짓으로 대답을 대신하고 일어섰다. 직원이 정후 어머니에게 카드 전표를 건네었다.

영안실로 돌아가자 상복이 벌써 도착해 있었다. 정아는 향한 줄기가 저 홀로 피어오르는 빈소에서 벽에 등을 기대고 눈을 지그시 감고 있었다. 누나, 상복 갈아입어야 돼, 라고 정후가 말했다. 그러고는 먼저 영안실 구석에 커튼을 달아 만든 탈의실로 들어갔다.

하얀 와이셔츠에 검은 넥타이, 그리고 검은 양복을 입고 누런 띠를 팔에 차고 높다란 굴건까지. 정후는 탈의실에서 나와 은빛 대형 냉장고에 비친 자신의 모습을 물끄러미 들여다보았다. 어울리지 않은 배역을 맡은 배우처럼 어색했다. 정후는 넥타이의 고리에 검지를 넣어 신경질적으로 잡아당겼으나 넥타이는 꼼짝도 하지 않았다. 미리 매듭을 지어 놓고 셔츠 깃 안의 단추에 고리를 고정시키는 타이였다.

정후와 정아와 어머니가 예복을 갖춰 입고 탈의실에서 나오자 사무실 여직원이 자기 차례라는 듯 나타나 액자에 넣은 영정 사진을 갖다 주었다. 검은 띠를 두른 사진 속의 아버지는 젊고 건강하고 자신만만해 보였으므로 고 이명일 씨라고는 믿기 어려웠다. 또한 3×4 배율의 사진을 지나치게 확대한 것이어서 흐릿했으므로 어느 면에서는 망자의 사진다웠다. 정후는 빈소로 올라가 영정을 조심스레 올려놓았다.

필요한 준비는 모두 끝났다. 이제 남은 것은 어린 딸의 흐느낌과 아들의 침통한 표정, 미망인의 곡성일 것이었다. 그러나 세 사람은 영정을 등지고 빈소 입구에 걸터앉아 있었다. 그들은 마치 오지 않는 버스를 기다리는 사람들처럼 보였다.

가장 먼저 도착한 것은 정후 아버지보다 여섯 살 연상의 고모였다. 고모가 도착하자 빈소는 비로소 그 이름에 걸맞은 분위기를 풍겼다. 고모는 들고 온 손가방으로 바닥을 쳐가며 통곡했다. 아이고, 우리 동생 불쌍해서 어쩔끄나…… 아이고, 우리 동생 가여워서 어쩔끄나…… 라고, 고모는 운율을 딱딱 맞추어 곡을 했다. 이어서 고모는 또 아이고, 어머니이…… 어머니가 그리 귀애하던 작은아들이 이리 허망하게 갔소, 라고 울부짖었다.

허망하게, 라는 말이 오금을 내려치는 것 같아 정후는 두 발에 단단히 힘을 주어야 했다. 고모 뒤에 버티고 앉은 정아의 두 눈에서 파랗게 불꽃이 일었다. 그렇게 애달프면 진즉에 약값이라도 좀 보태지, 라고 정아가 이죽거렸지만 고모는 자기 슬픔에 겨워 듣지 못했다.

다음으로 들이닥친, 정후 아버지보다 두 살 위인 큰아버지는 영정에 절을 하다 말고 엎드린 채 흐느꼈다. 퇴직을 앞둔 9

급 공무원인 그는, 1년 전에 비해 눈에 띄게 노쇠해서 관 속의 동생만큼이나 혈색이 나빴다. 고모와 사이가 나쁜 큰어머니는, 종교적인 이유로 절을 하지는 않았다. 대신 간단한 묵념을 올리고 정후 어머니 곁에 앉아 손을 꼭 잡았다. 동서, 서방님은 천국으로 가셨을 거야. 그러느라 그 많은 고통을 당하신 거고, 그러느라 일찍 데려가신 거지, 라고 큰어머니가 말했다. 그러더니 또 정아를 돌아보며 다정하게, 너도 이제 아버지 너무 미워하지 마, 그래야 네 마음도 천국이지, 라고 말했다. 그럼 무슨 기운으로 살아요? 라고 정아가 되바라진 얼굴로 물었다. 큰어머니는 얼굴을 와락 붉혔다. 미움이 얼마나 큰 에너지인지 아세요? 라고 정아가 다시 묻고는 발딱 일어나 영안실에서 나가 버렸다. 그러다가 허둥거리며 들어오던 작은아버지와 마주쳤지만 정아는 그대로 뛰쳐나갔다. 작은아버지는 2년 만에 마주친, 상복까지 갖춰 입은 조카딸을 알아보지 못한 듯했다.

"형님!"

작은아버지가 우렁우렁한 목소리로 외쳤다. 그러고는 허둥지둥 빈소로 올라와 넙죽 엎드렸다. 목수 일을 하고 있는 작은아버지에게서 땀 냄새가 짙게 풍겼다. 일을 하다 말고 온 것인지 점퍼에 작업 바지 차림이었으며, 머리카락에는 먼지가 새치와 뒤섞여 있었다. 작은아버지는 몹시 지친 얼굴로 영정을 바라보며 혼잣말을 하듯 중얼거렸다.

"버틴 김에 봄까지 기다리지 엄동설한에 상주들 고생하라고. 끝까지 모진 양반이오.”

다음으로 정후 어머니가 다니는 교회 신도들이 등장했다. 그들은 목사의 이름이 적힌 커다란 화환과 함께 등장해서 빈소에 무릎을 꿇고 앉아 찬송가를 부르고 기도를 올렸다. 정후 어머니는 그들과 함께 머리를 조아렸지만, 어딘가 다른 세상에 속한 사람처럼 보였다. 형수가 교회를 열심히 다녔는갑네, 라고 작은아버지가 소주잔을 홀짝이며 말했다. 그래도 저게 오니 좋네, 빈소가 너무 썰렁하다 싶더니만……. 저 목사가 유명한 사람이잖아, 텔레비전에도 자주 나오더만, 이라고 큰아버지가 말했다. 염주 알을 굴리고 있던 고모는 못마땅한 표정이었지만 기운이 달려서인지 별말은 하지 않았다.

그러다 날이 저물어 갈 무렵 가족이 모두 참관한 가운데 염을 하고 입관을 했다. 정후와 정아와 어머니에게는 시신의 모습이 그리 낯설지 않았다. 어떤 의미에서 정후 아버지는 5년 전 이미 세상을 떠났는지도 몰랐다. 대출금 이자를 감당할 수 없어 집을 팔 때도 소주잔만 들이키던 그는, 정아가 집안 형편에 몰려 정보고로 전학 갈 때도 멍하니 누워 텔레비전만 보던 그는, 정후 어머니가 가사도우미로 나서서 벌어다 주는 약값으로 병원을 다녀오며 슈퍼에 들러 소주를 사던 그는, 정후가 아는 아버지일 리가 없었다. 지금 처참한 모습으로 남은 육신은 그가 남긴 것이 아닐 터였다. 정후는, 정아는, 아마도 정후 어머니는, 그렇게 생각했다. 그러나 다른 사람들은, 그의 누이는 가슴을 쥐어뜯으며 울었고 형제들도 어깨를 들먹였다.

입관을 하고 돌아오자 아이들이 엉엉 울어대는 소리가 영안실을 들썩이고 있었다. 교통사고로 죽은 목련 A 빈소의 여중생 친구들이었다. 슬픔이 장마철의 황토물처럼 흘러넘치고 있었다. 목련 B는 팔순을 넘기고 편안하게 떠난 노파의 빈소였으므로 덕담이 오고 갔다. 평생을 한결같이 땅만 파다가 췌장암 판정을 받고 육 개월 만에 사망한 오십대 농부의 빈소인 목련 D에서는 그의 때 이른 죽음을 안타깝게 여기는 한숨이 새어 나왔다. 무명에 가까운 중견 시인의 빈소인 목련 E에서는 그의 시를 낭송하는 소리가 흘러나오고 있었다.

정후는 불청객처럼 어색하게 앉아 있었다. 빈소라고 규정지어진, 슬픔의 예식을 위해 만들어진 그 곳에서 정후는 그 무엇도 할 수가 없었다. 그저 눈을 지그시 내리감고 이제는 까마득히 잊혀진, 그 오래 전 아버지의 모습을 떠올려 보려 애썼다.

"우리도 뭐 좀 먹자."

정아가 다가와 말했다.

정후는 천천히 눈을 떴다. 정아의 두 눈동자는 몹시 충혈되어 있었고 또한 건조했다. 정후는 문득 누나를 안아 주고 싶은 생각이 들었으나 그럴 수는 없었다. 정아에게 정후는 도무지 철이 없는 동생일 뿐이었다. 중학교 때부터 아르바이트로 발바닥이 부르튼 정아로서는 딴에는 정후가 한심할 터였다. 어쩌면 단지 그런 문제가 아닌지도 몰랐다. 정후와 정아, 정후와 어머니, 정아와 어머니, 그리고 아버지. 그들은 너무 오랫동안 서로에게 가 닿지 않았고 이제는 서로에게 가는 길을 잃어버린 것만 같았다. 정후는 그저 고개를 저으며 입맛이 없어, 라고 말했다.

"새삼스럽게 왜?"

정아가 물었다. 집요하게 따라붙는 무언가를 끊어 내는, 날이 선 칼날처럼 번득이는 눈빛이었다. 그러게, 라고 정후는 생각했다. 뜻밖의 죽음이 아니니 충격을 받은 것은 아니었다. 돌아가시지 않기를 간절히 바랐던 것도 아니니 슬픔에 목이 메지도 않았다. 정후 아버지의 죽음은, 더 이상 어머니가 병원비로 허덕이지 않아도 된다는 것을 의미했다. 어쩌면 그것은, 정후와 정아에게 또 다른 가능성을 의미하는 것인지도 몰랐다. 아버지의 죽음으로 인해 적어도, 집 안을 짓누르던 부패한 영혼의 냄새는 가셔질 것이었다. 정후는 눈을 질끈 감았다. 무언가, 뱉어 낼 수도 삼킬 수도 없는 불덩이가 목구멍을 틀어막고 있는 듯했다. 그럼 나도 굶을까? 라고 정아가 묻는 소리가 들렸다. 정후는 벽에서 머리를 떼어 내고 일어났다.

정후 아버지의 공식적인 사인은 당뇨병 합병증으로 인한 심근경색이었다. 말하자면 돌연, 심장이 멈춰 버린 것이었다.

하여 문상객들은 그의 죽음을 한탄했다. 이렇게 젊은 나이에 허무하게 가다니 믿기지가 않네요, 라든가. 당뇨병을 고작

5년 앓은 것뿐인데 너무 쉽게 가신 것 같네요, 라든가. 마지막
으로 봤을 때만 해도 다시 취직도 하고 병도 고치겠다고 의욕
이 대단했는데 어찌 된 일인지 모르겠네요, 라든가. 애들한테
한참 돈 들어갈 땐데 아버지가 세상을 떴으니 어쩌면 좋데요,
라든가.

그들은 정후 아버지의 학교 동창과 군대 동기와 산악회 회
원과 회사 동료였던 사람들이었다. 혹은 정후 어머니의 지인
들이거나 양가 친척들이었다. 또한 그들은 정후 아버지의 오
래 전 모습, 그러니까 실직하지도 않았고 당뇨병에 걸리지도
않았으며 알코올중독 증상도 없었던 모습만을 기억하는 사람
들이었다. 그러므로 그들에게 정후 아버지의 죽음은 돌연한
것이었다. 실직과 지병이 한꺼번에 덮쳐 와 쓰러져 버린 중년
가장의 처참한 말로, 라고 신문 기사처럼 요약된 진실.

정후는 벌떡 일어나 구두에 발을 꿰었다. 담배 연기라도 한
바탕 뿜어내지 않을 수 없었다. 그러나 아마도 아버지의 군대
후배인 듯한 사내가 정후의 팔을 붙잡았다. 이 병장님 젊은 시
절하고 똑같네, 라고 그는 말했다. 정후는 그의 팔을 거세게 뿌
리치고 싶은 욕구가 솟구쳤지만 그저 네, 라고 짧게 대답했다.
그는 정후를 식당으로 데려가 억지로 주저앉혔다. 술기운에
핏발 선 사내들의 눈동자 여섯 개가 한꺼번에 정후에게 몰려
들었다. 이 병장, 참 순한 사람이었어. 법 없이도 살 사람이었
지, 라고 한 사내가 말했다. 그럼, 사람이 모진 데가 없잖아, 라

고 또 다른 사내가 말했다. 다들 고개를 주억거리며 정후를 바라보았다.

법 없이도 살 사람인 정후 아버지는 십 년 넘게 다니던 회사에서 건설 현장 사고 책임을 뒤집어쓴 채 빈손으로 쫓겨나고도 행패 한 번 부리지 못한 사람이었다. 모진 데가 없는 사람인 정후 아버지는, 실직과 당뇨병이라는 불운의 이중 공격 앞에서 가장 손쉬운 선택을 했다. 운명이라든가, 세상이라든가 하는 어려운 상대를 공략하는 대신 아파트 상가 슈퍼마켓에서 이천 원이면 살 수 있는 소주를 맞수로 고른 것이었다.

그럼 전, 이라고 정후가 말했다. 그들은 좀 아쉬운 얼굴이었지만 고개를 끄덕였다. 정후는 뒤돌아보지도 않고 구두를 구겨 신은 채 1층까지 단숨에 뛰어 올라갔다. 누군가에게 덜미를 잡힐까 두려운 사람처럼, 그렇게.

바야흐로, 겨울이 첫 기세를 떨치며 칼바람으로 뺨을 휘갈기기 시작하는 때였다. 정후는 병원 뒤로 돌아가 쭈그리고 앉아 추위에 곱아드는 손으로 담배에 불을 붙이고는 급히 연기를 빨아들였다. 눈앞에 뱅그르르 하얀 소용돌이가 일며 가슴속 불덩이가 연기를 내뿜었다. 정후는 털썩 바닥에 주저앉아 기갈이 난 듯 또 담배를 빨았다.

그 순간 현택이가 모퉁이를 돌아 나타났다.

"씨방새야, 아버지가 돌아가셨는데 나한테 연락도 안 하냐?"

네가 어떻게, 라고 말하며 정후는 엉거주춤 일어섰다. 담임이랑 같이 왔어, 라고 대답하며 현택이도 담배를 피워 물었다. 담임이랑 뭘 같이 해 보는 게 대체 얼마 만인지 모르겠네, 라고 현택이가 이어 말했다. 정후는 다시 주저앉아 담배 연기를 깊이 들이마시고 또 그만큼 길게 내뿜고는 말했다.

"미안해."

그래, 뭐, 정신이 있었겠냐. 아버지가 돌아가셨는데, 라고 현택이가 어울리지 않는 말투로 얘기했다. 정후는 피우던 담배를 바닥에 툭 던지고 발끝으로 비벼 껐다. 너희 아버지, 그렇게 많이 편찮으신지는 몰랐어, 라고 현택이가 다시 말했다. 마치 뒤늦게 후회하는 뺑소니 운전자 같은 얼굴이었다. 잠시 쉼표 같은 침묵이 흐른 뒤 정후가 말했다.

"만화책은 갖다 줬어."

정후는 성큼성큼 건물 앞으로 걸어갔다. 야, 인마, 지금 그런 게 뭐 중요하다고, 라고 말하며 현택이가 피우던 담배를 집어던지고 달려왔다. 서운하달지 혹은 실망이랄지 알 수 없는 표정이었다. 정후는 현택이의 얼굴을 외면하며 들어가자, 라고 말하고 발길을 재촉했다. 현택이는 당황한 듯 머뭇거렸지만 더는 따지지 않고 정후의 뒤를 따랐다.

영안실 입구에서 정후는 일곱 살 위인 사촌 형을 만났다. 현택이는 형에게 목례를 하고 먼저 들어가고 정후는 사촌 형에게 이끌려 로비 구석으로 갔다.

“그래도 다행이다. 조의금이 제법 많이 들어왔어. 장례 치르고도 꽤 남겠다.”

사촌 형이 말했다.

정후는 순간 어제 장례식장 사무실에서 엄마 손에 쥐여졌던 카드 전표를 떠올렸다. 그것만으로도 240만원이던가, 250만원이던가. 아버지가 가야 할 길은 아직 더 남아 있었다. 화장터라든가, 납골 묘라든가, 그 밖에 정후가 미처 생각하지 못하는 다른 어떤 일들.

사촌 형이 정후의 어깨를 툭 치며 말을 이었다.

“그래, 그깟 돈이 무슨 소용인가 싶겠지. 이런 상황에서 돈 얘기하는 형이 야박하게 보일지도 모르고. 그래도 그런 게 아니야. 이제 그런 철없는 생각 하고 있으면 안 돼. 아버지 가셨으니 이제 네가 너희 집 가장이야. 알지? 자식…… 한 삼 년 만에 본 것 같은데 진짜 몰라보게 컸다, 응?”

때맞추어 사촌 형의 휴대전화가 울렸다. 사촌 형은 정후의 등을 다시 한 번 툭툭 두드리고 1층으로 올라갔다.

기다렸다는 듯, 5센티미터쯤 열려 있던 영안실 문이 삐걱 열리더니 세은이가 모습을 드러냈다. 네가 어떻게, 라고 정후는 묻지 않을 수 없었다. 세은이가 어떻게 여기를, 하필이면 지금 이 때에.

“담임이랑 같이 왔어. 나 와서…… 싫은 건 아니지?”

세은이가 말했다. 세은이의 눈동자에 눈물이 그득하게 차올랐다. 정후는 얼른 눈을 내리깔았다. 나는 걸핏하면 징징대는 애들이 젤루 재수 없어, 라고 정아는 종종 말했다. 정후는 정아가 무엇을 싫어한다고 말한 것인지 그제야 알 것 같았다. 들어가자, 라고 정후는 다만 한마디만을 남기고 세은이를 지나쳐 영안실로 들어갔다.

담임과 현택이와 반장이 교자상을 앞에 두고 둘러앉아 있었다. 어딘가로, 그것이 어디든 간에 이 곳이 아닌 어딘가로 그대로 사라지고만 싶었지만 갈 곳이 없었다. 정후는 담임에게 인사하고 자리에 앉았다. 세은이도 빨개진 코끝을 감추며 다가와 앉았다.

"그래, 힘들지?"

담임이 물었다.

담임의 말투는 전에 없이 친절했으므로 어색했다. 정후뿐만 아니라 다른 아이들도 그럴 터였다. 불편한 눈빛과 두서없는 이야기들이 제멋대로 뒤엉켰다. 그러다 담임이 빈소에 앉아 있는 정아를 보고는 깜짝 놀라 엉거주춤 엉덩이를 일으켰다. 이정아가 니네 누나였어? 라고 담임이 물었다. 그는 또한 정아의 고1 때 담임이기도 했다. 당연하게도, 정아 입장에서야 그의 등장이 그다지 반가울 리가 없을 터였다. 그러나 정아는 재빨리 다가와 싹싹하게 인사했다. 정후가 네 동생인 줄은 몰랐네, 라고 담임이 입을 열었다. 그러고는 현택이 앞에 있는 빈 잔에 사이다를 따라 정아에게 건네었다.

"그래, 너 전학 가고 나서는 처음이지? 같은 울타리 안에 있
는데도 학교가 다르니 마주치기도 어렵네."

담임이 말했다. 죄송해요, 한 번 찾아뵙지도 못하고, 라고
정아가 말했다. 죄송하긴 뭘, 다들 바쁜데…… 라고 담임은 고
개를 젓고 말을 이었다.

"아버지도 편찮으시고 해서…… 집안 형편 때문에 정보고
로 옮기겠다고 하니 네 뜻을 따라 주기는 했다만, 선생님은 참
아쉬웠어."

정아는 지은 죄도 없이 고개를 숙였고 담임은 교자상 위에
가지런히 놓인 정아의 손등을 가볍게 두어 번 쳤다. 정보고로
가기에는 아까운 성적이었지. 그렇지만 어디서라도 너 하기
나름이다, 알지? 라고 담임이 말했다. 정아는 네, 라고 얌전히
대답했고 담임의 시선은 정후에게로 옮겨 갔다. 이정후, 그럴
수록 정신 똑바로 차려야지. 누나만큼만 해, 응? 이라고 말하
고 담임은 허허 웃었다. 정후는 네, 라는 대답을 차마 할 수 없
었고 담임도 대답을 기다리려는 의도는 없는 듯했다. 그럼 경
황이 없을 테니 이만 가자, 라고 말하며 담임이 일어섰다. 반장
도 옳다구나 하는 얼굴로 얼른 엉덩이를 털었다. 그러나 현택
이는 좀 더 있다 갈까? 라고 물었고 세은이도 옆에서 같은 눈
빛을 보내 왔다.

"가라."

정후가 말했다. 그리고 현택이와 세은이의 서운한 눈빛을

뒤통수에 매단 채 정후는 계단을 올라갔다. 어느덧 해가 뉘엿 뉘엿 맞은편 건물 옥상에 이마를 기대고 있었다. 그럼 우린 이 만, 이라고 현택이가 어색한 목소리로 얘기했다. 세은이는 검정 구두 앞코로 바닥을 툭툭 치며 정후를 외면했다. 정후는 그저 까딱, 고갯짓을 하고는 친구들을 등지고 병원 뒤편으로 돌아갔다. 담배꽁초가 폐허의 잔해처럼 깔려 있는 그 곳에서 정후는 비로소, 긴 한숨을 내쉬며 담배를 빼물고 불을 붙였다. 그러나 두어 모금 빨기도 전에 세은이에게서 문자메시지가 왔다. 나한테는 그러지 않아도 돼. 슬퍼하는 모습 좀 보이면 어떠니? 괜찮아. 울고 싶으면 울어, 정후야, 라고.

담배를 입가로 가져가는 정후의 손이 바들바들 떨렸다. 그래서? 라고 정후는 생각했다. 아빠가 죽었어. 그래서? 그래서 우리가 슬플 거라고? 슬퍼야 한다고? 아버지니까? 사람이라면 응당 그래야 한다고? 그럼, 슬프지 않은 나는 뭔데? 라고 정후는 제 가슴에 대고 미친 듯이 물었다. 뻑뻑 소리를 내며 굶주린 듯 담배 연기를 빨아들였다. 그렇게 두 대를 거푸 피우고 나자 가슴이 쓰라리고 목구멍이 타들어 갔다. 추위에 온몸이 와들거리다 머리 속까지 흔들리는 것 같았다. 정후는 어지럼증에 비틀거리며 병원 앞으로 다시 걸어 나왔다.

저만치, 익숙한 교복을 입은 한 떼의 여학생들이 별관에서 걸어 나오고 있었다. 정아의 친구들일 터였다. 정후는 어깨를 웅크리고 고개를 숙인 채 그들 곁을 지나쳤다. 좀 이상하지 않니? 아버지가 돌아가셨는데 눈물 한 방울 안 흘리더라, 라고 누군가 말하는 소리가 들렸다. 정후는 발걸음을 멈칫거렸고 또 다른 목소리가 뒤통수를 쳤다. 혹시 새아버지 아닐까? 라고. 그리고 그들은 무슨 말인지 알아들을 수 없는 소리를 남기며 멀어져 갔다. 이어서, 정후 어머니가 다니는 교회 사람들이 병원 현관 밖으로 나섰다. 그들은 머리를 맞대고 숙덕거리며 느릿느릿 걸었다. 그러다 그 중 한 사람이 정후를 발견하고 발걸음을 재촉해 다가와 말했다.

"정후야, 어서 내려가 봐. 느이 고모랑 누나랑 난리 났다."

고모랑 누나라면, 무슨 일인지 알 것 같았다. 정후는 단걸음에 영안실로 달려갔다.

문을 열자마자 고모의 쉰 목소리가 쩌렁쩌렁 울렸다. 이런, 독한 년! 아버지가 세상을 떠났는데 눈 새파랗게 뜨고 뭐가 어쩌고 어째? 정아는 교자상에 기대앉아 고개를 외로 꼬아 들고 고모를 노려보았다. 왜 이래, 앤들 속이 편하겠어, 라고 큰아버지가 누이를 뜯어말렸다.

"아뇨!"

정아가 말했다.

그래요! 난 조금도 슬프지 않아요. 그래서요? 그래서, 뭐요? 고모는 우리 아버지가 죽어서 그렇게 슬픈가요? 그렇겠죠. 아버지가 고모네 아파트를 팔아먹은 것도 아니고, 아버지가 고모네 집에서 술을 마신 것도 아닐 테고! 아버지가 고모한테 빚을 남긴 것도 아니잖아요? 라고 정아가 싸늘한 눈초리로 천천히 내뱉었다. 뭐, 뭐, 뭐가 어째? 아버지 시신이 바로 저기 있어. 불쌍한 느이 아버지 아직 땅에 묻히지도 않았는데 뭐가 어쩌고 어째? 슬프지가 않아? 니가 그러고도 사람이냐? 라고 고모는 악을 썼다.

정후는 그 악다구니를 가로질러 빈소로 다가갔다. 아무도 정후를 의식하지 않았다. 정후는 혼자만의 의식을 치르는 것처럼 빈소로 올라가 영정을 집어 들었다. 그 순간, 정아가 소리쳤다.

"이정후, 뭐 하는 거야!"

정아가 맨발로 식당에서 뛰어내려 빈소로 달려왔다. 정후는 영정을 든 두 팔을 높이 들어올렸다. 정후야! 라고 정아가 매달렸지만 정후는 그 팔을 뿌리치고 영정을 바닥에 던졌다. 쨍그랑, 하는 소리와 함께 유릿조각이 사방으로 튀었다. 어머니와 고모, 큰아버지와 작은아버지, 그 밖의 많은 사람들이 몰려와 무어라고 외치고 울고 말했지만 정후의 귀에는 아무 소리도 들리지 않았다.

새벽녘에 정후는 소스라치며 잠에서 깨어났다. 정아가 머리맡에 앉아 빤히 내려다보고 있었다. 일어나야지, 라고 정아가 말했다. 정후는 벌떡 일어나 주위를 둘러보았다. 새 액자에 자리 잡은 아버지 사진이 정후를 물끄러미 바라보고 있었다. 누군가가 흐느껴 우는 소리가 들렸고 큰아버지의 구부정한 뒷모습이 보였다. 으으으, 하고 정후는 양손 검지로 관자놀이를 꾹꾹 누르며 신음을 내뱉었다. 작은아버지의 강권으로 마신 소주가 머리통을 들쑤시고 있었다.

"누가 울어?"

정후가 물었다.

저기 옆 빈소, 목련 D. 거기도 오늘이 발인이거든, 이라고 정아가 말했다. 정후는 고개를 끄덕였다. 그 다음이 우리 차례야. 이제 여기서 나가서…… 라고 정아가 말끝을 흐렸다. 정후는 벗어 두었던 굴건을 쓰고 찌뿌듯한 몸을 일으켰다. 스물한 두 살쯤 되었을까. 췌장암으로 사망한 농부의 아들이 영정을 안고 영안실 밖으로 걸어 나가고 있었다. 그의 검은 테 안경이 눈물로 번들거리는 콧등에서 자꾸만 미끄러지고 있었다.

정후는 순간 그가, 견딜 수 없이 부러웠다. 지난 5년간 잃어버린 그 모든 것들, 포기해야 했던 그 많은 순간들, 그 어떤 것보다 지금 그의 눈물이 부러웠다. 그럴 수만 있다면, 그와 영혼을 바꿀 수만 있다면, 무슨 짓이라도 할 수 있을 것 같았다.

"아버지는 정말로 아무것도 남기지 않았어."

정아가 나지막이 말했다.

뭐? 라고 정후가 되물었다. 우리 아버지 말이야, 라고 정아는 초점을 잃은 시선으로 중얼거렸다. 완벽하게 다 가져갔어. 우리 집도, 우리 꿈도, 우리 어린 시절도……. 그리고 결국엔 슬픔마저 거둬 간 다음에야 떠났어. 아버진 우리한테 슬픔조차 남겨 주지 않은 거야. 대체 왜 그래야 했을까? 왜 우리에게 이렇게 잔인해야 했을까? 라고.

"상주, 뭐 하나?"

작은아버지가 뒷짐을 지고 다가와 말했다.

정후는 작은어머니가 건네는 하얀 장갑을 받아 손에 끼고는 빈소로 올라가 영정을 들었다. 영정이 길을 열고 관이 뒤를 따랐다. 눈물을 찍어 내는 친척들이 행렬을 이루었다. 그들은 별관 주차장까지 올라갔고 대기하고 있던 미니 버스에 줄줄이 올라탔다. 정후 어머니는 문상객들과 함께 버스에 타겠다고 했고 정아와 정후는 운구차로 마련된 검은 승용차에 올라탔다. 탁, 하고 문이 닫히자 세상이 고요해졌다. 망자가 생전에는 꿈도 꾼 적 없었을 대형 리무진은, 미동도 없이 새벽길을 달렸다.

정후의 가슴에는 아버지의 영정이 안겨 있었다. 정후는 손에서 스르르 힘을 뺐다. 빈소에서부터 내내 어찌나 움켜쥐고 있었던지 손아귀가 뻐근했다. 무거웠다. 아버지의 영정은, 그 마지막 육신보다 훨씬 무거웠다. 이미 오 년 전, 아들과 딸과 아내와 그리고 자기 자신마저 버려 두고 훨훨 떠나 버렸던 아버지의 영혼이 이제야 영정에 와서 깃든 것인지도 몰랐다. 검사비와 입원비와 아파트 관리비와 은행 이자와 급식비와 등록금과 월세와, 그 모든 것들로부터 자유로운 어딘가에서 그는 비로소 아버지라는 이름을 되찾고 아들의 품으로 날아든 것인지도 몰랐다. 이것은 잃어버렸던 기억의 무게일지도 모른다, 라고 정후는 생각했다. 아빠, 라고 정후는 읊조렸으나 그 목소리는 목구멍을 넘어오지 못했다.

"사진 좀."

뒷자리에 앉아 있던 정아가 말했다. 정후는 영정을 조심스레 뒷자리로 넘겨주었다. 정아는 사진을 무릎에 올려놓고 손끝으로 조심스럽게 쓰다듬었다. 한참 만에, 운구차가 도심을 벗어나 한강 다리를 건너고 있을 즈음, 정아가 조용히 말했다.

"아빠, 미안해."

아빠, 미안해, 라고 정후도 생각했다. 다음에는 아빠하고 딸 말고 다른 사이로 태어나자, 응? 뭐든 좋으니까, 미워하지 않는, 그런 사이로 태어나자, 응? 친구라도 좋고 연인이라도 좋고……. 아니, 그래. 우리 남으로 태어나. 그냥 지하철에서 우연히 자리를 양보해 주는 사람, 그런 사이로 태어나. 그러면 나, 아빠 미워하지 않을 거 아니야, 그치? 다시는, 다시는…… 이라고 정아가 말했다. 아버지가 세상을 떠난 다음 처음으로, 정아는 소리 죽여 흐느꼈다. 그 흐느낌이 싸늘한 공기를 타고 정후의 목덜미를 적셨다.

"아빠는…… 우리한테 뭘 남겼을까?"

정후가 가만히 물었다. 정아의 흐느낌이 여백을 메웠다. 그래도, 뭔가 남겨 주지 않았을까? 어렸을 때 읽은 책 중에 그 얘기 기억나? 부자 아버지가 삼형제에게 유산을 남겨 주잖아. 과

수원인지, 밭인지…… 암튼 그 곳에 보물이 숨어 있다고. 그런 것처럼 말이야, 라고 정후가 읊조렸다. 그래서 결국 보물이 있었던가? 뭔가, 있었던 것 같기도 한데…… 하도 오래 전 이야기라 기억이 잘 안 나네. 누나는 생각나? 라고 정후가 이어 물었다. 정아는 대답하지 않았다. 그저 손끝으로 정후의 어깨를 톡톡 치고는 여기, 라고 말하며 아버지의 영정을 건네주었다. 정후는 영정을 받아 똑바로 가슴에 세우고 창밖으로 눈길을 돌렸다.

오답 승리의 희망[*]

"아니라니까요!"

나는 사냥꾼에게 절벽으로 내몰린 한 마리 사슴처럼 울부짖었다. 아니, 아니지. 굶주린 사자의 포효라고 해야 하나? 뭐가 되었건, 절박한 몸부림은 제법 효과가 있었다. 변호사가 당황한 얼굴로 입을 다물며 얼른 교무실 안을 둘러보았다. 석장고를 호령하는 변태호러사이코의 드높은 명성에 흠집이라도 갈까 두려운 모양이었다.

이럴수록 밀어붙여야 하는 일. 나는 종료 일 분 전 0대 1로 패하는 상황에서 문전 쇄도를 시도하는 공격수처럼 절박하게

---

[*] 전북지역 청소년 인권 모임 '나르샤'가 발간하는 청소년 신문. 2006년 3월 창간호를 발간했다. 줄여서 '오승희'라고도 한다.

돌진했다.

"이것 좀 보세요."

내 책가방을 변호사 책상 위에 탕 소리 나게 올려놓았다. 지퍼를 확 열고 안의 것들을 마구 끄집어내기 시작했다. 흥분한 탓에 닥치는 대로 끌어내느라 생리대가 불쑥 튀어나왔지만 그것도 눈에 뵈지 않았다. 마음 같아서는 배를 갈라 속이라도 보이고 싶은 심정이었다. 나는 그 심정 그대로, 절규했다.

"개념마스터 수학, 파이팅 잉글리시, 제대로 국어특강…… 또, 이거! 이거! 이거! 내 가방에 문제집이 몇 권인 줄 아세요, 네? 나, 마음잡았거든요. 예전의 곽정이 아니거든요. 2학기 시작과 더불어 곽정의 새로운 시대가 시작된 거라고요. SKY대학까지는 몰라도 인 서울은 해야겠다고 단단히 작심했거든요. 새벽에 일어나서 인강 하나 듣고 학교에 온 사람이라고요, 내가! 근데, 근데 이게 뭐예요? 마음잡고 공부하려는 학생한테 이래도 되는 거예요?"

역시, 진실은 통하게 마련인 건가. 변호사가 눈을 쫙 내리깔고 묵묵히 내 이야기에 귀를 기울였다. 문제집들을 후루룩후루룩 넘겨 보고는 차곡차곡 한 권씩 쌓아서 내 앞으로 쑥 내밀었다. 그러더니 흠, 하고 묘한 소리를 내고서 말했다.

"하나도 안 풀었잖아."

"네?"

"다 새 거네. 한 장도 안 풀었어. 공부하기로 작심한 게 대체 언제야?”

뜻밖의 일격에 나도 모르게 무릎이, 아니 고개가 꺾였다. 굳이 날짜를 따져 묻는다면 정답은…… 그래, 오늘이다.

“그게요…….”

나는 한결 양순해진 눈빛으로 다시 입을 열었다. 하지만 변호사의 표정을 보자 그만 기가 죽었다. 차라리 솔직담백하게 매달리는 게 나을 것 같았다.

“선생님, 진짜예요. 제가 그런 거 아니라니까요.”

변호사는 표정 없는 얼굴로 문제집들을 책상 귀퉁이로 쓱 밀어내었다. 그러고는 책상 한가운데에 한 장의 종이를 탁 하고 올려놓았다.

청소년 자유 언론 「오답 승리의 희망」.

스카치테이프가 붙어 있던 흔적으로 ‘오’ 자의 ‘ㅇ’이 뜯겨 나갔지만 손 글씨체의 신문 제목은 여전히 의기양양해 보였다. 나는 교무실이 무너져라 한숨을 내쉬며 소리 없는 인사말을 건넸다.

오랜만이다, 오승희.

내가 「오답 승리의 희망」을 처음 본 것은 중3 때, 그러니까 작년 봄이었다. 청소년 인권운동을 하는 인터넷 카페를 기웃거리다 링크와 링크와 링크를 건너 오승희 홈페이지에까지 이르렀다. 창간호부터 3호까지, 8페이지짜리 신문을 A4 용지에 깨알만 한 글씨로 출력해 읽으면서 눈물을 찔끔찔끔 흘렸다.

때로는 뭉클하기도, 때로는 불끈하기도 했지만, 대체로는 웃느라 그런 것이었다. 그야말로 유쾌 상쾌 통쾌, 귀밑 3센티미터 단발머리에 살색 스타킹을 고집하는 상실여중에서의 스트레스가 한 방에 날아가는 것 같았다. 그 때부터 하루가 멀다 하고 오승희 홈페이지를 들락거렸다. 새로운 신문이 나오면 곧장 다운로드 받아 파일을 보관하는 것은 물론, 출력해서 따로 모아 두고 틈만 나면 뒤적거렸다.

그러나 이 모두는 지난 시절의 이야기일 뿐.

미친 소와 맞장 뜨며 활활 타오르던 촛불이 푸시식 꺼지고 베이징 올림픽 소식이 신문지상을 도배하기 시작할 무렵부터, 나는 아고라는 물론 오승희 홈페이지에도 발을 끊었다. 세상을 뒤집을 것처럼 온 나라가 들썩이더니 건진 것 하나 없이 김이 푸식 빠져 버리는 꼴을 보자 그만 모든 게 시들해져서였다. 징계를 무릅쓰고 촛불집회에 나가 물집이 생기도록 뛰어다녔지만, 우리 집 식탁에도 미국 소가 올라오기 시작했다. 무엇 하나 달라진 게 없어 보였다. 그러니 「오답 승리의 희망」에도 정나미가 떨어졌다. 청소년 인권이 어쩌느니 떠들어 봤자, 결국 징계나 먹지 남는 게 뭔가 싶어져서였다. 나는 모아 둔 오승희들을 책상 맨 아래 서랍에 깊숙이 집어넣었다. 그 후로 한 번도 꺼내 보지 않았다.

그런데 느닷없이 「오답 승리의 희망」 6호가 나타났다. 누군가가 본관 건물 1층에서 3층까지, 복도 벽면마다 「오답 승리의 희망」을 붙여 놓은 것이다. 청소년 자유 언론이라니, 석장고가 천지개벽할 이야기를 담은 신문이 건물 전체에 만국기처럼 펄럭이며 쓰나미급 태풍을 몰고 왔다.

내가 바로 그 사건의 용의자 영순위로 지목된 것이었다.

"선생님, 진짜예요. 제가 한 게 아니라니까요. 저 이제 데모 같은 거 안 해요. 대학에 가도 안 할 거라고요. 해 보니까 삽질인 거 알겠더라고요, 진짜예요. 누가 아직도 이런 미련한 짓을 하고 다니는 건지, 저도 궁금해요."

"그래?"

변호사가 솔깃한 얼굴로 내게 몸을 기울였다. 나는 움찔 몸을 뒤로 물렸다. 변호사가 내 눈을 빤히 들여다보다가 다시 자세를 고쳐 앉으며 말했다.

"네가 아니라는 거지? 좋아, 믿어 주마. 그럼, 누구니?"

"네?"

"네가 아니면 누가 이런 짓을 했냐고. 넌 알 거 아니야?"

"제가 어떻게 알아요? 몰라요!"

펄쩍 뛰며 손과 고개를 동시에 휘휘 내젓는 신공을 보였건만, 변호사는 전혀 감동하지 않았다.

"그래, 오늘은 모르는 걸로 해 두자. 그렇지만 내일은 알겠지? 아니, 아니지. 좀 이따 기억이 날지도 모르겠다."

"네?"

"오늘이 아니면 내일, 내일이 아니면 모레, 모레가 아니면

글피…… 결국은 기억나게 될 거야. 이 사건의 진범이 누군지 곽정, 너는 알고 있는 게 분명하거든. 만약 기억이 영 말을 안 들으면 내가 도와줄 수도 있고. 좋아, 그럼 나중에 다시 얘기하자.”

목청 한 번 높이지 않고 사람을 덫에 빠트려 말라 죽게 만드는 인간. 멍 자국 하나 남기지 않고 오랑우탄 같은 남자애들에게서 눈물을 쏙 빼는 인간. 오죽하면 별명이 변태호러사이코이겠는가. 입은 살아서 말은 또 얼마나 청산유수인지, 줄여서 변호사라고 불러 보아도 어울리기는 매한가지다.

“어서 들어가. 공부하려고 결심했다니 기대가 크다, 응? 기억력만 조금 좋아지면 인 서울쯤이야 문제겠어? 자, 그럼 야자 끝나고 보자.”

변호사는 영화 관람 약속이라도 잡는 것처럼 다정하게 웃어 보이기까지 했다.

기다렸다는 듯 1교시 시작종이 울렸다. 비극적인 운명을 절감하며 나는 더 이상 저항할 기력도 잃은 채 변호사에게 내몰려 일어섰다. 무거운 발을 질질 끌어 조용한 교무실을 가로질러 맥없이 출입문을 열었다.

그 순간, 변호사의 수하라고 알려진 마빡 물리의 목소리가 들렸다.

“쟤가 범인이겠지?”

“알 게 뭐야. 어쨌든 범죄가 있었으니 누군가는 범인인 거지."

　변호사가 대답했다.

　애들이 내 말을 믿어 준다고 될 일은 아니었지만, 애들마저 나를 믿어 주지 않으니 더욱 기가 막혔다. 친하다는 것들도 하나같이 똑같았다.

　"그래, 어째 요새 니가 너무 조용하다 싶더라. 촛불집회도 끝났겠다, 요즘 다이어트 중이시니 후진 급식에도 분노하지 않으시겠다……. 그러더니 이번에는 뭐, 청소년 자유 언론?"

　"아니야, 아니라고, 아니라니까!"

　"천하의 곽정도 별수 없네. 너, 예전 같았으면 내가 바로 오승희 사건의 진범이라고 니 입으로 떠들고 다녔을걸. 할 수만 있다면 기자회견이라도 했을 거다. 촛불집회 때도 니 손으로 찍어서 날린 인증샷 때문에 변호사한테 덜커덩 걸린 거 아니니. 그랬던 곽정이 이렇게 발뺌을 하다니……. 정아, 너도 이렇게 늙어 가는구나. 그래, 세월이 죄지, 니가 무슨 죄가 있겠니."

　전교생이 나를 '오승희 사건'의 진범으로 지목하고 있었다. 잘했다는 생뚱맞은 격려에서부터 설친다는 핀잔까지, 괴짜라는 웃음에서부터 꼴불견이라는 손가락질까지, '곽정'이라는 이름이 다시 한 번 석장고 검색어 1위에 등극했다.

　그래, 내가 입학하자마자 급식 거부 운동 하자고 좀 설친 건 사실이다. 지난봄 주말마다 광화문에서 촛불 들고 물보라 뒤집어쓰며 밤을 지새운 것도 사실이다. 굵은 팔뚝 뒀다 뭐 하랴 싶어 전경 버스 밧줄로 끄는 데 좀 거든 것도 사실이다. 이왕 맘먹고 저지른 일, 폼나게 반성문까지 거부한 것도 사실이다. 위대한 무협소설 『영웅문』의 주인공 이름을 이어받은 나답게, 의협심 하나로 버텨 온 인생이다.

그래서? 그래서, 뭐?

모두가 빠져나간 운동장에는 바람만 휑하니 불었다. 어지러이 찍힌 발자국들만 한낮의 기억을 초라하게 새겨 두고 있었다. 야자 끝나고 변호사에게 끌려가 다시 고문을 당하느라 늦고 말았는데 누구 하나 기다려 주지도 않았다. 학원으로, 과외로, 야자가 끝나고도 빵빵한 스케줄이 있다고들 하지만 그래도 이럴 수가. 피도 눈물도 없는 것들 같으니라고.

하긴, 세상사 다 그런 거지. 엊그제 두 달 만에 들어간 아고라도 지나간 시간을 모두 삭제해 버린 듯했다. 촛불, 이명박, 광우병, 쥐, 어청수, 물대포…… 나를 뜨겁게 했던 단어들을 찾아 글자의 정글을 헤매었지만 자취도 찾아볼 수 없었다. 두 달 동안 광장을 가득 메웠던 사람들이 어느 날 모두 사라져 버린 것처럼. 대신 그 자리를 차지한 것은 금리, 증시, 환율, 펀드 그리고 또 뭐더라? 뭐가 되었든 세상은 분주했다. 나 혼자 늘어져 오답이나 들여다보고 있을 수는 없었다. 그렇게 모질게 마음먹고 강호를 등진 이 때, 난데없이 무슨 날벼락이란 말인가.

변호사가 작정을 한 모양이니 그냥 넘어가진 않을 테고……
차라리 내가 그랬다고 거짓 자백이라도 할까? 그러면 어떻게
될까? 쓰라는 대로 반성문 좀 쓰고 고분고분하게 굴면, 뭐 설
마 정학을 먹이지는 않겠지? 아니, 아니야. '불온한 문서나 유
언비어를 유포……'할 경우, 뭔가 아주 징계가 세다고 학칙에
나와 있었던 것 같은데……. 그래 봤자 이만 일로 자르기야 하
겠어? 그래, 차라리 내가 범인이라고 말하는 게 고통을 줄
일…….

그러나 억울했다. 하지도 않은 일을, 하고 싶지도 않은 일을
했다고 인정할 수는 없었다. 그렇다고 오승희 사건의 범인을
내가 무슨 수로 찾아낸단 말인가. 설사 찾았다고 하더라도 고
자질을 할 수는 없는 일 아닌가.

"으아아아아악!"

나는 운동장 한가운데에서 하늘로 괴성을 질렀다. 별들만
얄밉게 눈을 반짝거렸다.

터벅터벅, 누군가의 발소리가 들려왔다. 나도 모르게 가방
을 바짝 끌어안고 돌아보자 북극곰처럼 커다란 덩치가 내게
다가왔다. 1학년 이름표를 단 착실한 반삭 머리 녀석이었다.

"뭐야!"

나는 종일 쌓인 분노를 모두 실어 거칠게 쏘아붙였다.

녀석은 그래도 아랑곳하지 않고 내 코앞까지 다가와 우뚝

멈추어 섰다.

"뭐냐고!"

"미안해."

녀석이 대뜸 말했다.

"뭐?"

"내가 그랬어."

헉! 말문이 막혔다. '무엇을' 그랬는지 목적어가 드러나지 않았지만 문맥상, 아니 정황상 녀석의 목적어를 알 수 있었다. 오승희 사건을, 이라고 말하고 있는 것이었다.

"나, 1반의 이오구라고 한다."

오구가 내게 손을 불쑥 내밀었다. 가마솥 뚜껑 두 개를 붙여 놓은 것만큼 크고 투박한 손이었다. 손을 보자 문득, 오구에 대해 기억나는 게 있었다. 1반 앞을 지나가면서 몇 번이고 소스라쳤던 그 무식하게 큰 웃음소리. 심지어 조용한 수업 시간이면 우리 반까지도 들리던 그…….

오구는 그 큰 목소리로 웅변이라도 하듯 떠들어 댔다.

"내가 전학 온 지 얼마 안 되어서 여기 상황을 잘 몰랐어. 선생들이 바로 너를 지목할 줄은 진짜 몰랐다. 오늘 좀 알아봤더니 너, 대단하더라."

오구의 말본새에 머리꼭지까지 열이 확 치솟았다. 무릎 꿇고 빌어도 살려 줄까 말까 한데, 뭐가 어째? FIFA 랭킹 100위 팀에게 3대 0으로 패한 아르헨티나의 메시에게 그래도 개인기는 당신이 으뜸이더라고 말하는 듯한 태도. 아니 싸가지.

"그래, 너 잘 만났다."

나는 가방을 운동장 바닥에 내팽개치고 팔을 걷어붙였다. 그래도 오구는 제 흥에 겨워 말 같지도 않는 소리를 이어 갔다.

"석장고는 청소년 인권의 사각지대, 청소년 인권운동의 무풍지대. 우리 엄마는 그렇게 알고 나를 이리로 전학시킨 거거든. 전에 다니던 학교는 소지품검사 거부운동도 하고, 두발자유화 서명운동도 하고 그랬어. 쉬는 시간이면 마우스를 복도에서 질질 끌고 다니는 게 유행이었다면, 알 만하지? 내가 거기에 끼니까 엄마가 기함을 하고 날 전학시켰다는 거 아니냐. 아, 우리 엄마가 그 학교 수학 선생이거든. 정답지상주의자."

뜨나 감으나 매한가지인 눈으로 윙크까지. 오구의 뻔뻔스러운 작태에 나는 숨이 꼴딱꼴딱 넘어갈 지경이었다. 그러나 오구는 악수를 청하던 손을 빈 채로 거두면서도 그저 여유만만이었다.

"가출이라도 할까 하다가 그래, 석장고에서 청소년 인권운동의 물꼬를 트는 것이 나에게 주어진 사명이구나 싶어서 묵묵히 전학을 왔지. 그런데 여기서 너같이 든든한 동지를 만날 줄은 몰랐다."

오구는 일장 연설을 끝내며 다시 손을 쓱 내밀었다. 이번에는 그냥 두고 볼 수 없었다. 나는 녀석의 손을 탁 쳐내고 쏘아붙였다.

“동지 좋아하시네. 내 말 똑똑히 들어. 청소년 인권? 웃기지 말라 그래. 오답 승리의 희망? 삽질은 공사판에서나 하는 거라 그래. 나, 맘잡았거든. 그러니까 너, 내일 아침에 당장 변호사한테 가서 자백해. 곽정은 오승희 사건하고 무관한 사람이라는 걸 분명히 밝히라고, 알았어?”

“진심이야?”

오구가 아기 곰 푸우나 된 듯이 고개를 갸웃하며 물었다. 어울리지 않게 깜찍을 떠는 모습이 참으로 끔찍했다. 나는 가방을 집어 들어 오구의 얼굴에 대고 먼지를 탈탈 털어 메고는 야무지게 다짐을 주었다.

“다시 한 번 분명히 말하겠는데, 내일 아침에 네 입으로 변호사한테 자백해. 안 그러면 내가 확 불어 버릴 테니까.”

나는 팩 돌아서 교문을 향해 빠르게 걷기 시작했다.

미친놈, 인생이 꼬이려니까 별 희한한 놈이 다 앞길을 가로막고 있어! 내일 아침에 변호사한테 자백하지 않기만 해 봐. 내가 그냥……. 하지만 과연 내가?

나도 모르게 발길이 느려졌다. 오구가 어느새 나를 따라잡고 옆으로 쓰윽 다가서며 말했다.

“어차피 너, 변호사한테 불지도 못할 거잖아. 보아하니 고자질 같은 거, 네 인생철학하고 안 맞는 것 같은데.”

“야!”

가방을 있는 힘껏 휘둘러 오구의 등짝을 후려쳤다. 고릴라 같은 덩치는 그 정도로는 움찔하지도 않았다.

대단한 정의감이나 눈물겨운 의리로 버틴 것은 아니었다. 마음 같아서는 변호사에게 오구를 고해바치고 나는, 당당한 석장인이 되고 싶었다. 잠자리에 들 때마다 내일은 반드시 진상을 밝히리라 다짐하고 또 다짐했다.

하지만 막상 변호사 앞에 서면 차마 입이 떨어지지 않았다. 정답이라는 예감이 들면서도 악마의 유혹에 결국 엉뚱한 번호를 찍게 되는, 매번 시험 때마다 되풀이되는 나의 악습 그대로였다. 그렇게 또 고백에 실패하고 현관을 나서면 오구가 어둠 속에서 쓰윽 나타났다.

"오늘도 수고 많았어. 힘들어도 조금만 더 참자. 변호사가 결국엔 너의 의지에 굴복하고 말 거야. 장하다! 곽정!"

처음에는 오구의 말에 일일이 대거리를 하였지만 이제는 오로지 침묵으로 응수했다. 오구의 궤변을 상대해 봤자 속이나 뒤집힐 뿐, 남는 것이 없었다. 제가 무슨 보디가드라고 굳이 우리 아파트 앞까지 따라붙는 오구에게 내가 할 말은 오직 하나였다.

"내일 아침까지야. 그 때까지 네 입으로 자수하지 않으면 이번에는 내가 분다. 알았어?"

"내일은 일요일인데?"

말보다 더 의미심장한 주먹질로 오구의 등판을 후려쳤다.

그래도 오구는 실실 웃으며 돌아섰다. 그 얄미운 상판을 보자 흔들리던 마음이 단단해졌다. 토요일 오후의 해사한 햇살을 받으며 변호사가 내게 남긴 말을 떠올리자 더욱 그랬다.

이거, 아무래도 다음 주부터는 내가 도와줘야겠는걸.

그런 형편이니 등굣길이 지옥으로 가는 급행열차처럼 으스스했다. 어느 월요일이라고 안 그랬으랴마는, 교문에 이르는 언덕바지가 히말라야처럼 아득했다. 한걸음 한걸음 내디딜 때마다 숨이 턱턱 막혀 왔다.

확 이대로 가출을 해 버려? 까짓 학교에 꼭 다녀야 한다는 법이라도 있어? 법이 있대도 그래. 곽정, 너 초딩 때부터 준법정신은 밥에 말아 꿀꺽 삼켜서 배설까지 끝내 버린 인간이잖아. 좋아! 더럽고 치사해서 더 못 다니겠다. 이대로 돌아서는 거야. 집으로 가서 엠피스리랑 휴대전화랑 옷을 챙기고…… 통장에 돈은 얼마나 있더라? 은행부터 가야 하…….

그러나 머릿속에서 진행되는 모험담과는 달리, 내 몸은 파블로프의 개처럼 저절로 교문으로 끌려 들어갔다. 변호사가 기다렸다는 듯 내 앞을 막아섰다.

"치마가 짧아."

"이게 뭐가 짧아요? 저기 쟤들은……."

"짧아."

변호사가 딱 잘라 말했다. 그러고는 운동장을 돌고 있는 오리 행렬을 턱짓으로 가리켰다. 문제의 핵심은 치마 길이가 아닐 터였다. 자로 재서 들이댄다고 내 말이 먹힐 리가 없었다.

못 이기는 척 져 주려고 했더니 그래, 고작 이런 거였어? 학교의 잘난 규율이라는 게 이런 거였어? 좋아! 누가 이기나 한 번 해보자고! 내가 울며불며 매달릴 거 같아? 곽정 사전에 밀고를 등재할 것 같아? 당신이 원하는 대로 거짓 자백을 해서 숭고한, 아니 가여운 희생양이 되어 줄 것 같아?

나는 어금니를 악물고 돌아서 오리 행렬에 합류했다. 그런데 몇 걸음 가기도 전에 누군가 내 옆으로 쓰윽 다가왔다. 오구였다.

"너, 뭐야?"

깜짝 놀라 멈춰 서자 체육이 뒤에서 꽥꽥거리며 재촉해 댔다. 나는 오구에게서 시선을 떼지 못한 채 다시 오리걸음을 걷기 시작했다.

"의리에 살고 의리에 죽는 이오구다. 어떻게 나만 편하냐."

"뭐?"

나는 오구를 아래위로 얼른 훑어보았다. 반삭 머리에 단정한 교복, 하얀 운동화에 묵직한 가방. 어디 하나 걸릴 만한 데가 없었다. 그렇다면 이 녀석 정말……?

나는 오구 옆으로 쓰윽 다가가 목소리를 낮춰 물었다.

"너, 아무것도 안 걸렸는데 지금 이러는 거냐?"

오구는 운동장 반 바퀴를 돌기도 전에 된통 익어 버린 토마토 같은 얼굴을 하고 말했다.

"그래…… 우리가 그들보다 강한 것은…… 헉헉, 동지가 있기 때문…… 이지. 정아, 나만 믿어……. 헉헉, 너의 고통…… 을 절대…… 홀로 두지…… 않는다. 헉헉, 피 흘리지 않고 쟁취…… 하는…… 헉헉, 자유는 없다……. 헉헉, 역사는…… 이렇게…… 바꿔…… 헉헉."

누가 들으면 독립군의 마지막 단말마인 줄 알겠다. 가히 석장고 최고를 자랑할 만한 살집으로 오리걸음을 하자니 죽을 맛인 모양이었다.

허나, 내가 알 게 뭐람. 바야흐로 만물이 무르익어 가는 이 화창한 가을에 내가 이 봉변을 치르는 게 다 누구 때문인데? 녀석이야 응당 치러야 할 대가를 치르고 있을 뿐!

다음 날에도, 그 다음 날에도 변호사는 교문에서 나를 막아섰다. 하루는 머리 모양이 학생답지 못하다고, 하루는 귀 뚫은 자국이 있다고. 복장이며 두발이며, 정답이라는 권력을 누리는 규정들이 나를 금 밖으로 밀어내고 있었다. 따지고 들자면야 2천 자 논술을 쓰고도 넘칠 만큼 할 말이 많았지만 나는 묵묵히 오리걸음을 걸었다. 그 때마다 오구가 금방이라도 죽을 것 같은 얼굴로 기어이 내 곁을 지켰다.

그러나 나의 눈물겨운 수난기를 지켜보는 것은 오구 하나였다. 오승희 사건으로 학교가 술렁대는 것은 며칠 가지 못했다. 내가 아침마다 억울하게 오리걸음을 하는 것, 저녁마다 변호사의 고문에 시달리는 것, 이런 일에 관심을 갖는 아이들은 없었다. 친하다는 애들이 그나마 내 처지에 관심을 가져 주었지만, 결론은 그리 다르지 않았다.

"그냥 했다고 털어놓고 싹싹 빌어. 너 변호사 지독한 거 모르냐? 한번 찍으면 빈손으로 물러나지는 않는 거 몰라? 버틴다고 될 일이 아니야. 싫어? 그럼 너희 엄마한테라도 털어놔. 변호사가 아직 엄마 모시고 오라 소리를 못하는 걸 보면, 증거가 없으니 자기도 은근히 켕기는 거야. 그러니까 엄마가 와서 따지면 변호사도 좀 누그러질 거야. 뭘 자꾸 유난을 떨어?"

그럼 대체 뭘 기대하고 있었다고, 나는 서운했다. 그래도 혹시, 변호사의 치졸한 행각에 아이들이 다 같이 분노해 줄 줄 알았나? 그래서 석장고가 어깨 걸고 학생부를 뒤엎어 줄 거라는 망상에 사로잡혔던 건가? 나도 모르게 스멀스멀 피어오른 헛된 기대가 내가 생각해도 우스꽝스러웠다.

하지만 오구는 변함없이 형광등 같은 눈빛으로 운동장의 어둠을 뚫고 나타났다.

"오늘 하루도 무사히 끝! 야, 우리 대단하지 않냐? 벌써 열흘째 버텼어. 이렇게 시간이 흐를수록 변호사는 궁지에 몰리고, 우리를 지지하는 애들은 늘어난다는 말씀!"

오구가 호기롭게 웃어 대는 꼴을 보자 화가 치밀었다. 바보 같은 녀석에게 엮여서 생고생을 하고 있는 나 자신이 한심했다. 이 모두가 오구 탓이었다. 오구가 사고만 치지 않았더라면, 그래서 변호사가 나를 자극하지만 않았더라면, 나는 그 아침에 드디어 정답을 선택할 수 있었는데.

"우리 같은 소리 하고 있네. 어따 대고 우리래?"

내가 오구 앞을 확 막아서며 소리쳤다.

"곽정, 왜 이러냐. 우리는 이제 한 배를 탄 동지 아니냐. 석장고의 고루한 권위에 저항하는 한 쌍의 불나비라고나 할까?"

오구는 오늘도 넉살 좋게 내 어깨에 한 팔을 척 걸치며 뺀질거렸다. 나는 오구의 팔을 세게 쳐내며 쏘아붙였다.

"정신 차려. 애들이 지지한다고? 누가? 어떤 애들이? 애들이 너랑 나랑 오리 놀이 하는 데 관심이나 있는 줄 알아? 정답을 찾기에도 숨이 가쁜데, 오답이 설친다고 눈이나 꿈쩍할 것 같아?"

"그게 뭐 그렇게 중요하냐."

오구가 죽을상을 하고 제 팔뚝을 쓰다듬으며 퉁명스럽게 대꾸했다.

"그럼? 그럼 넌 뭣 때문에 이러는 건데? 재밌냐? 취미야?"

"난, 그냥."

오구가 허리를 곧게 펴며 입을 열었다.

"그냥 이게 맞다고 생각하니까 이러는 거야. 애들이 뭐라건, 그게 뭐가 그렇게 중요해? 남들이 너처럼 굴든 아니든, 그게 뭐가 그렇게 중요하냐고. 곽정, 그냥 하던 대로 하자. 우리, 아닌 건 아니라고 말하고……."

"우리, 우리, 하지 말랬지!"

나는 오구의 말을 자르며 발로 바닥을 쾅 굴렀다. 오구가 굳은 얼굴로 입을 다물었다. 내친김이었다. 녀석에게 단단히 못을 박아 두어야 했다.

"나, 너 좋으라고 이 고생 하는 거 아니거든. 변호사가 나를 헐렁이 빤스로 보는 게 괘씸해서 버티는 거라고. 변호사가 이렇게 치사하게 나오지만 않았으면, 네 한심한 짓거리는 내가 자청해서 고발했을 거야. 너처럼 혼자 잘났다고 삽질하는 애들 딱 질색이야. 되도 않은 일을 하겠다고 설치는 애들은 아주 밥맛이라니까. 촛불집회? 거기 좀 드나들었다고 내가 너랑 같은 과인 줄 아냐? 꿈 깨셔라, 응? 쓸데없이 길바닥에다 뿌린 시간을 생각하면, 내가 미국 소를 뼈째 씹어 먹어도 분이 안 풀린다, 알았어? 오답 승리 좋아하네."

나는 모질게 쏘아붙이고 팩 돌아서서 걸었다. 여느 때 같았으면 같이 가자고 졸래졸래 따라붙었을 텐데 어째 조용했다. 은근히 궁금증이 일어 슬며시 돌아보려는데 오구가 내 어깨를 확 잡아챘다.

"곽정, 너 진심이야?"

"왜 이래?"

나는 오구의 손을 더 세게 쳐냈다.

오구는 그래도 인상 한 번 찌푸리지 않고 말했다.

"남 탓 하지 마."

내가 눈알이 아프도록 쏘아보는데도 오구는 시선을 내게 붙

박아 둔 채 말을 이었다.

"촛불집회가 허무하게 끝난 걸 보고 실망했다고? 애들이 네 행동에 무관심해서 배신감을 느꼈다고? 그게 네가 지금 이렇게 도망치는 이유라고?"

"도망 아니거든. 나, 이제 오답이 아니라 정답을 찾는 사람으로 다시 태어났거든. 뭐라고 떠들어 봤자, 오답은 오답일 뿐이야. 틀린 답. 알았어?"

"아! 너도 그래, 세상의 정답을 비켜 가는 건 전부 오답이라고 생각하는 거로구나. 다수가 선택한 답이 아니면 틀린 답이라고 생각한다는 거잖아. 그래, 그럼 이제 너도 남들 뒤꽁무니만 졸졸 따라가면 되겠네. 그럼 왜 이렇게 가만히 있는 거야? 지금이라도 변호사한테 가서 이오구가 범인이라고 말해! 그리고 속 편하게 공부하면 되겠네. 세상이 어떻게 돌아가든, 네가 어떤 인간이 되어 가든 상관하지 말고 문제집이나 들여다봐. 그게 석장고의 정답이잖아. 그게 학교의 정답이고 세상의 정답이고! 가, 어서 가라고!"

오구의 목소리가 운동장에 쩌렁쩌렁 울렸다. 웃음만큼이나 고함 소리도 컸다. 어쩌면, 그 순간 나만 그렇게 느낀 것인지도 모르지만.

"곽정. 그 동안 미안했다. 난, 너도 내 뜻에 동조하는 걸로 오해했어. 그래서 너한테 무거운 짐을 맡겼다. 그게 아니라면, 널 괴롭힐 생각은 조금도 없어. 내일 아침에 자백할게. 넌 이제 신경 쓰지 마."

오구는 그렇게 말을 끝내고는 나를 앞질러 교문을 나섰다.

달려가 오구의 등짝을 후려갈기고 싶은데, 아니 돌아서서 변호사에게 뛰어가 오구의 삽질에 대해 낱낱이 고해바치고 싶은데, 그런데 나는 어디로도 갈 수 없었다.

오구의 호언장담은 공연한 것이 아닌 듯했다. 교문에 변호사가 보이지 않았다. 다른 선생들의 모습도 없었다. 오구가 새벽부터 나와 자백이라도 한 건가? 그게 교문 지도를 내팽개칠 만큼 큰일이 되고 만 건가? 그러고 싶지 않은데, 슬며시 오구가 걱정되었다. 교무실이나 학생부로 가서 염탐이라도 해 보고 싶었다.

하지만 나는 애써 오늘 있을 영어 단어 시험을 생각하며 우리 교실로 이어지는 서쪽 현관으로 들어섰다.

그런데 뭔가 분위기가 이상했다. 한창 왁자지껄하게 시끄러워야 할 시간인데 학교는 쥐 죽은 듯 고요했다. 복도를 오가는 아이들도 없었고, 교실에서 들리는 소음도 없었다. 끼리끼리 수다를 떨며 현관으로 들어서던 아이들은 질린 듯 숨죽이며 복도로 들어섰다. 5반 교실 창문으로 들여다보자 대충 상황이 짐작 갔다. 어쩐 일인지 벌써부터 담임이 교탁을 지키고 있었다. 이어지는 4반도, 3반도 마찬가지였다. 우리 반에는 아직 담임이 없는데도 다들 눈치만 슬슬 보고 있었다.

"무슨 일이야?"

목소리를 낮추어 묻자 짝이 주변을 휘휘 살펴보고 나서 소곤거렸다.

"오늘 아침에 그거 또 붙었잖아."

"뭐?"

"오답 승리의 희망. 이번에는 7호. 그것 때문에 지금 난리 났어. 야, 곽정. 너 아니지?"

나는 그 중요한 질문에 대답조차 하지 못한 채 복도로 목만 길게 늘였다.

오구는 바로 옆에 잇대어 있는 1반이었다. 지금 교실에 있는 걸까? 아니면, 사고쳐 놓고 달아나기라도 했나? 어찌 되었든 이번에는 오구가 내게 덤터기를 씌우지는 않을 것이다. 어젯 밤의 녀석을 생각하면 그 문제는 자신 있었다.

그런데 어째서 내 가슴이 이렇게 미친 듯이 뛰는 걸까. 나는 종잡을 수 없는 불안에 휩싸여 가방을 짊어진 채 손톱만 물어 뜯었다. 불안은 곧 현실이 되어 나타났다.

"뭐가 어째?"

1반에서 들려오는 마빡 물리의 고함 소리였다. 잠시 조용하다 싶더니, 마빡 물리가 다시 소리쳤다.

"이 자식이…… 지금 당장 가방 못 내놔!"

"소지품 검사는 인권 침해예요. 그렇게는 못하겠습니다."

얼어붙은 복도에 쩌렁쩌렁하게 울려 퍼지는 것은 오구의 목소리였다. 이어서 쿠당탕! 책상인지 무언지가 자빠지는 소리가 들렸다. 나는 오싹 소름이 돋아 내 어깨를 감쌌다. 마빡 물리의 무지막지한 막대기가 오구의 등짝을 후려갈긴 것인지도 몰랐다. 그래서 그 덩치가, 북극곰만 한 덩치가 책상과 함께 나뒹굴고 있는 것인지도.

"쟤, 뭐냐?"

뒷자리의 아이가 질린 목소리로 중얼거렸다.

뭐냐고? 나는 머릿속으로 정답을 뒤졌다. 이오구는, 뭘까? 이오십도 아니고 삼삼구도 아닌, 엉터리 같은 녀석. 오답을 이름으로 내걸고 있는 바보 같은 녀석.

오구는 바보처럼 마빡 물리에게 뒷덜미를 잡혀 복도를 지나갔다. 피란민이라도 되는 것처럼 제 가방을 앞가슴에 꼭 끌어안고서. 아이들의 시선이 오구를 따라 쭉 뒤로 흘렀다.

오구가 그렇게 우리들의 시야에서 사라질 무렵, 변호사가 교실로 들어왔다.

"다들 알겠지만, 오늘 또 누군가 학교에 불온한 신문을 붙였다. 더는 그냥 두고 볼 수가 없어. 지금부터 소지품 검사를 실시한다. 오늘 내에 무슨 수를 써서라도 범인을 잡아낸다. 혹시, 작은 단서라도 알고 있는 사람은 지체 없이 알려 주기 바란다. 다들 알겠지만 수능이 이제 한 달 앞이다. 이런 일로 학교가 어수선해지면, 3층에 있는 선배 누군가의 인생에 치명상을 입힐 수도 있다는 사실을 명심해라. 자, 그럼 가방을 책상 위에 올려

놓고 손 머리."

변호사가 교단 아래로 내려왔다. 아이들은 일사불란하게 가방을 책상 위에 올렸다. 하지만 나는, 그럴 수가 없었다.

변호사의 지시에 고분고분하게 따르는 것이 정답일지라도, 내 안의 무언가는 다른 곳을 가리키고 있었다. 그것이 나의 정답이었다. 나의 선택을 세상 모두가 오답이라고 손가락질한다고 해도, 아닌 건 아닌 거였다. 내 나이 열일곱, 빨간 색연필 동그라미에 기뻐할 나이는 한참 지나 버렸다. 내가 원했던 것은 모두의 정답이 아닌 나의 정답이었다. 그거면 충분했다.

"뭐냐, 곽정."

변호사가 내 자리로 다가와 물었다.

시키지도 않았지만 나는 자리에서 일어섰다. 변호사의 정수리가 내 코 아래로 내려다보였다. 마주 서니 변호사는 나보다 10센티미터는 작은 것 같았다. 언뜻 봐서는 나이보다 젊어 보였는데 이렇게 내려다보니, 정수리가 훤해진 게 세월 앞에 장사 없다는 말이 실감났다. 나는 늘 구부정하게 하고 다니던 어깨를 축 펴며 대답했다.

"소지품 검사는 인권 침해예요. 못 받겠습니다."

변호사가 팔짱을 척 끼고 나를 올려다보았다. 나의 반응을 예상하기라도 한 듯 담담한 얼굴이었다. 이윽고 변호사가 말했다.

"학생부로 가서 기다려."

그래, 곽정! 남의 눈치 봐 가며 답안지에 마킹해서야 그게 어디 곽정이냐.

나는 호기로운 기분으로 학생부 문을 벌컥 열었다. 두 팔을 번쩍 들고 무릎을 꿇고 있던 오구가 놀라 눈을 크게 떴다. 그 모습을 보자 나도 모르게 핏, 하고 웃음이 새어 나왔다.

"웃어?"

마빡 물리가 내 등짝을 후려갈겼다.

잔뜩 얼어 있던 오구의 두 눈에서 파팟! 하고 불길이 일었다. 두 손을 아래로 휙 내리며 제법 기세 좋게 소리쳤다.

"때리지 마세요!"

"뭐?"

마빡 물리가 으르렁대며 오구에게 달려들었다. 오구는 뒤로 움찔 물러나면서도 기어이 대거리를 했다.

"때리지 말라고요. 체벌은 인권 침해예요. 만약 이렇……."

오구는 더 이상 말을 잇지 못했다. 그 다음에 일어난 참상에 대해서는 일일이 언급하기도 괴로울 정도였다. 마빡 물리는 빛나는 무공으로 오구를 제압했다. 열에 한 번쯤은 나에게도 매운 맛을 보여 주었다. 그러나 우리 입에서 오답 승리의 희망에 대한 진술은 한마디도 나오지 않았다.

"몰라요."

약속이나 한 듯이 같은 대답이 종일토록 반복되었다. 억지로 빼앗아 뒤졌지만 오구의 가방에서도 내 가방에서도, 오승희와 관련된 그 어떤 증거도 나오지 않았다. 오구의 팔뚝에 붙어 있는 스카치테이프 하나, 그것이 증거일 수 있다는 걸 나는 알았지만 변호사나 마빡 물리는 눈치채지 못했다.

그렇게 시간은 더디게 흘러 창틈으로 어둠이 스멀스멀 기어들어왔다. 학생부 바닥에 쪼그리고 앉아 먹는 둥 마는 둥 점심을 때웠으니 내 위장의 항의가 이만저만이 아니었다. 오구도 코를 벌름거리며 허기를 감추지 못했다. 마빡 물리나 변호사도 지치기는 매한가지였다.

결국 저녁 급식이 시작될 무렵, 변호사가 우리를 일으켜 세웠다.

"곧 징계위원회가 열린다. 선생님의 지시에 불량한 태도를 보였으니 너희 둘 다 징계를 면하지 못할 거야. 그쯤은 알고 한 행동이겠지?"

"네."

오구와 내가 입이라도 맞춘 듯 대답했다.

마빡 물리가 확! 이라고 하며 주먹을 치켜들었지만 부들부들 떨다가 그저 다시 내리고 말았다. 변호사는 여전히 품위를 유지하며 말을 이었다.

"오늘 아침, 길 건너 정보고 교복을 입은 아이가 우리 학교에서 나가는 모습을 보았다는 제보가 들어왔다. 이번 건은 아무래도 타 학교 학생의 짓인 것 같다. 하지만 너희 둘, 지켜보고 있다는 걸 명심해. 만약 오승희 따위를 학교에 뿌리는 사람

이 우리 학교 학생이라면, 단순한 징계로 끝날 일이 아니야. 알
겠나?"

"네."

"내일부터 징계위원회 열리는 날까지 반성문 하루에 한 장
씩. 너희들 태도에 따라 징계 수위가 달라진다. 그것도 알겠
나?"

"네."

똑같은 대답을 세 번이나 반복하고서야, 우리는 학생부에서
석방되었다.

문이 닫히자마자 오구가 내게 불쑥 물었다.

"여긴 왜 온 거냐?"

"내 맘이지."

나는 뻐근한 다리를 두드리며 대답했다.

오구가 핏, 웃더니 다시 물었다.

"반성문 쓸 거냐?"

"당근."

오구가 뜻밖이라는 듯 나를 보고 눈을 껌벅거렸다. 나는 모
르는 척 딴청을 피우며 복도를 걸었다. 곧 오구가 조르르 따라
와 옆에 붙어서 걸으며 또 물어 댔다.

"반성문은 반성문인데, 오답 반성문을 쓰겠다, 이거지? 그
치?"

반성문이 아니라 조목조목 따지고 드는 논술을 쓰고 싶기는

한데, 아무래도 저 혼자 개길 배짱은 없는 모양이었다. 좀 더 약을 바싹 올려 줄까 싶기도 했지만 코끝에 맴도는 음식 냄새가 나를 보챘다. 나는 착, 소리를 내며 멈춰 서고는 오구를 돌아보며 말했다.

"나, 그렇게 만만한 사람 아니거든. 곽정은 한다면 한다고. 알았냐?"

오구가 헤벌쭉 웃으며 내게 손바닥을 펴 보였다. 아무튼 좀 띄워 주면 기어이 넘치기는! 나는 오구의 넙적한 손을 싹 무시하고 다시 걷기 시작했다. 오구가 쪼르르 달려와 게임 한 판 더 하자고 조르는 초딩처럼 말했다.

"그럼 이제 8호다, 응?"

못 말리는 녀석! 이 판국에 8호라니 제정신인 건가? 나는 한껏 눈을 치떠 오구를 노려보았다. 오구는 외려 내 쪽으로 더 바싹 다가와 소곤거렸다.

"걱정 마, 나도 알아. 이제 우리가 모른다고 우기는 건 한계에 왔어. 변호사가 이번에야 교장 눈치가 보여서 타 학교 학생이 어쩌고 하고 넘어갔겠지. 하지만 같은 일이 또 일어났는데 계속 그렇게 우길 수는 없을 거 아니냐. 그러니 다른 작전이 필요해. 변호사가 우리한테 한마디도 따지고 들 수 없는, 치밀한 작전!"

"행여나 니 머리에서?"

내가 한껏 비웃어 주었지만 오구는 거의 비장했다.

"오승희는 시작에 불과하다고. 곽정과 이오구가 깃발을 들었는데, 이게 어디 시시하게 끝날 일이냐? 오늘 우리가 당당하게 맞서는 걸 보고 애들이 모두 깜짝 놀랐을걸? 좋아! 이렇게 시작하는 거야. 우리, 뭐부터 할까?"

오구가 얼굴까지 바싹 들이밀었다.

나는 징글맞은 여드름 상판을 확 밀어내며 말했다.

"밥이나 먹자, 응?"

말로는 그렇게 퉁을 놓았지만, 내 마음은 달랐다. 와락 끌어안아 주고 싶은 정도는 아니었지만, 손 정도는 꽉 잡아 줄 수 있을 것 같았다.

진즉에 이랬어야 했다. 이게 곽정이다. 의협심 빼면 시체인 게 바로 나다. 고작 이오구보다 못하다면 곽정이라는 이름이 부끄러운 일이다.

나는 호기롭게 모퉁이를 돌아 급식실 앞 복도로 들어섰다.

"곽정이다!"

누군가가 소리쳤다. 그 소리가 신호탄이라도 되는 양 여기저기서 와, 하는 탄성과 박수 소리가 터졌다.

복도 끝에 있는 급식실에서부터 길게 줄을 서 있는 아이들이 나를 반가이 맞이하고 있었다. 아니, 환호하고 있었다. 심지어 멋지다나 어쨌다나. 예상 밖의 호응에 가슴이 뭉클했다.

그래, 그렇게 죽어라 오리걸음을 버티고 학생부에서 얻어터지고 징계까지 받으며 싸운 보람이 있네. 애들이 이제 우리의 진심을 알아주는 거야. 이런 분위기면, 한 판 붙어 볼 만하겠는걸! 뭐부터 시작하지? 두발 자유화? 야자 폐지? 좋아! 석장고를 한바탕 뒤집어 보는 거야. 그래, 오답 승리의 희망이다!

한껏 희망의 나래를 펼치는 판인데 이상한 소리가 귀에 쏙 들어왔다.

"곽정! 축하해."

아무리 그렇기로서니 축하라고? 나는 어리둥절해서 아이들을 둘러보았다. 밥 냄새에 초롱초롱해진 저 눈동자들, 그 한가운데에서 반짝거리는 저 눈빛은…… 아무래도…….

불길한 예감이 등골을 훑어 내리는 참인데, 부반장이 나서서 진상을 밝혔다.

"너, 이오구랑 언제부터 그런 사이였어?"

"뭐?"

외마디 비명 같은 내 질문에 수수께끼 같은 대답이 줄을 이었다.

"이오구가 걸린 것도 없이 오리걸음 할 때부터 알아봤다니까! 거 봐! 내 말이 맞지?"

"곽정! 넌 역시 특이하다. 하는 짓부터 남자 취향까지! 개성 만점이야, 암튼!"

"캬, 눈물이 앞을 가린다, 정말. 이오구가 그녀의 고통을 함께하고자 몇 날 며칠을 오리걸음까지 마다하지 않더니, 이렇게 보람을 찾았지 뭐냐. 이제 곽정이 화답하여 학생부까지 그를 따라 나섰으니! 어이, 이 서방! 우리 정이 울리지 마라!"

누군가의 너스레에 아이들이 배꼽을 잡고 웃어 댔다.

그러니까 뭐, 뭐, 뭐라는 거야? 이오구랑 나랑?

"니들 무슨 소리 하는 거야? 오구랑 나는……."

내가 진실을 만천하에 밝히려고 하는 바로 그 순간, 급식실 문이 열렸다. 아이들은 오아시스를 만난 코끼리 떼처럼 급식실로 몰려들었다. 그 뒤를 잇는 다른 반 아이들까지 의미심장한 눈빛으로 나를 힐끔거렸다.

그것은, 변호사의 치사한 작태에 맞선 곽정이라거나, 학교의 비인권적인 소지품 검사에 저항한 곽정을 보는 눈길이 아니었다. 나는 이오구의 여인이 되어 복도에 남겨진 것이었다.

"오구댁, 밥 안 먹냐?"

중학교 동창 하나가 내 어깨를 툭 치고 지나갔다. 오구랑 같은 반 아이였다. 1반 아이들은 하나같이 나를 쳐다보고 낄낄거렸다.

그렇게 또 한 번 처참한 구경거리가 되고서 겨우 정신을 수습해 보니 오구도 멍한 얼굴로 혼자 서 있었다.

"야, 너……."

단단히 따지려고 입을 여는 참인데 오구가 나보다 더 빨랐다.

"대체 그런 기분 나쁜 소문을 낸 게 누구야?"

뭐가, 어째? 기분…… 나쁜? 하도 어이가 없다 보니 말문이 막혔다. 오구와 염문설이라니, 나야말로 기자회견을 해서 눈물을 찍어 내야 할 만큼 원통하고 절통한 일이다. 그렇지만 오구 녀석한테야 비석을 세워 길이길이 남겨야 할 가문의 영광일 터!

그런데 오구가 화가 나서 씩씩거리고 있는 것이었다. 나를 본 척 만 척 두 팔까지 둥둥 걷어붙이고 으르렁거렸다.

"아니, 내가 너한테 홀딱 반해서 따라다니다가, 이제 너랑 사귄다잖아. 나, 무지하게 눈 높은 놈이야. 대체 날 뭘로 보고……."

오구는 말을 다 맺지도 못하고 소문의 진원지를 폭격하기 위해 기세 좋게 급식실로 들어가 버렸다.

염문설만큼 지독한 카레 냄새가 문틈으로 새어 나와 복도를 따라 번져 나갔다. 아무래도 쉬이 가실 냄새가 아니었다.

"야! 죽었어!"

나는 누구에게랄 것도 없는 선전포고의 일성을 터트리며 급식실로 돌진했다.

영두의 우연한 현실

2009년 3월 24일 1판 1쇄
2020년 12월 18일 1판 9쇄

지은이 이현

편집 김태희, 박찬석, 조소정 | **디자인** 이혜연
제작 박흥기 | **마케팅** 이병규, 양현범, 이장열 | **홍보** 조민희, 강효원

출력 블루엔 | **인쇄** 코리아피앤피 | **제책** 정문바인텍

펴낸이 강맑실
펴낸곳 (주)사계절출판사 | **등록** 제406-2003-034호
주소 (우)10881 경기도 파주시 회동길 252
전화 031)955-8588, 8558 | **전송** 마케팅부 031)955-8595 편집부 031)955-8596
홈페이지 www.sakyejul.net | **전자우편** literature@sakyejul.com
블로그 skjmail.blog.me | **페이스북** facebook.com/sakyejul | **트위터** twitter.com/sakyejul

ⓒ 이현 2009

값은 뒤표지에 적혀 있습니다. 잘못 만든 책은 구입하신 서점에서 바꾸어 드립니다.
사계절출판사는 성장의 의미를 생각합니다. 사계절출판사는 독자 여러분의 의견에 늘 귀 기울이고 있습니다.
이 책은 저작권법에 따라 보호받는 저작물이므로 무단전재와 무단복제를 금합니다.

ISBN 978-89-5828-353-9 44810
ISBN 978-89-5828-473-4 (세트)

이 도서의 국립중앙도서관 출판시도서목록(CIP)은 e-CIP 홈페이지(http://www.nl.go.kr/cip.php)에서
이용하실 수 있습니다.(CIP제어번호: CIP2009000732)